moon hills

magic Jewelry

講談社

もくじ

魔《ま》女《じょ》求《きゅう》人《じん》新聞《しんぶん》

「このまちだわ」

魔女《まじょ》パールは、ほうきから小《ちい》さなまちを見《み》おろして、手《て》にもっていた新聞《しんぶん》の地図《ちず》をたしかめました。

「このまちにそのお店《みせ》『ムーンヒルズ魔法宝石店《まほうほうせきてん》』があるのね。ええと、広《ひろ》場《ば》の天使《てんし》の像《ぞう》の上《うえ》を通《とお》りこして、もっと東《ひがし》へ……」

パールが新聞《しんぶん》の地図《ちず》をのぞきこむたびに、ほうきがユラユラゆれました。

「そのお店《みせ》は、わたしをやとってくれ

るかしら？　まる一日《にち》ほうきで飛《と》んでやってきたっていうのに……こと
わられたらどうしよう」

パールはニンゲンでいったら、まだ中学生《ちゅうがくせい》にもなっていないような姿《すがた》に見《み》えました。でも、魔女《まじょ》の世界《せかい》では、もうじゅうぶん一人《ひとり》ではたらいて、世《よ》の中《なか》の役《やく》に立《た》てるねんれいです。

はじめ、パールはすぐに仕事《しごと》が見《み》つかるとおもっていました。でも、そううまくはいきません。やってみたいとおもってもことわられたり、どうみてもじぶんには向《む》いてないとおもって尻込《しりご》みしてしまったり。

そんなとき、この「魔女求人新聞《まじょきゅうじんしんぶん》」を見《み》つけたのです。お気《き》にいりのカ

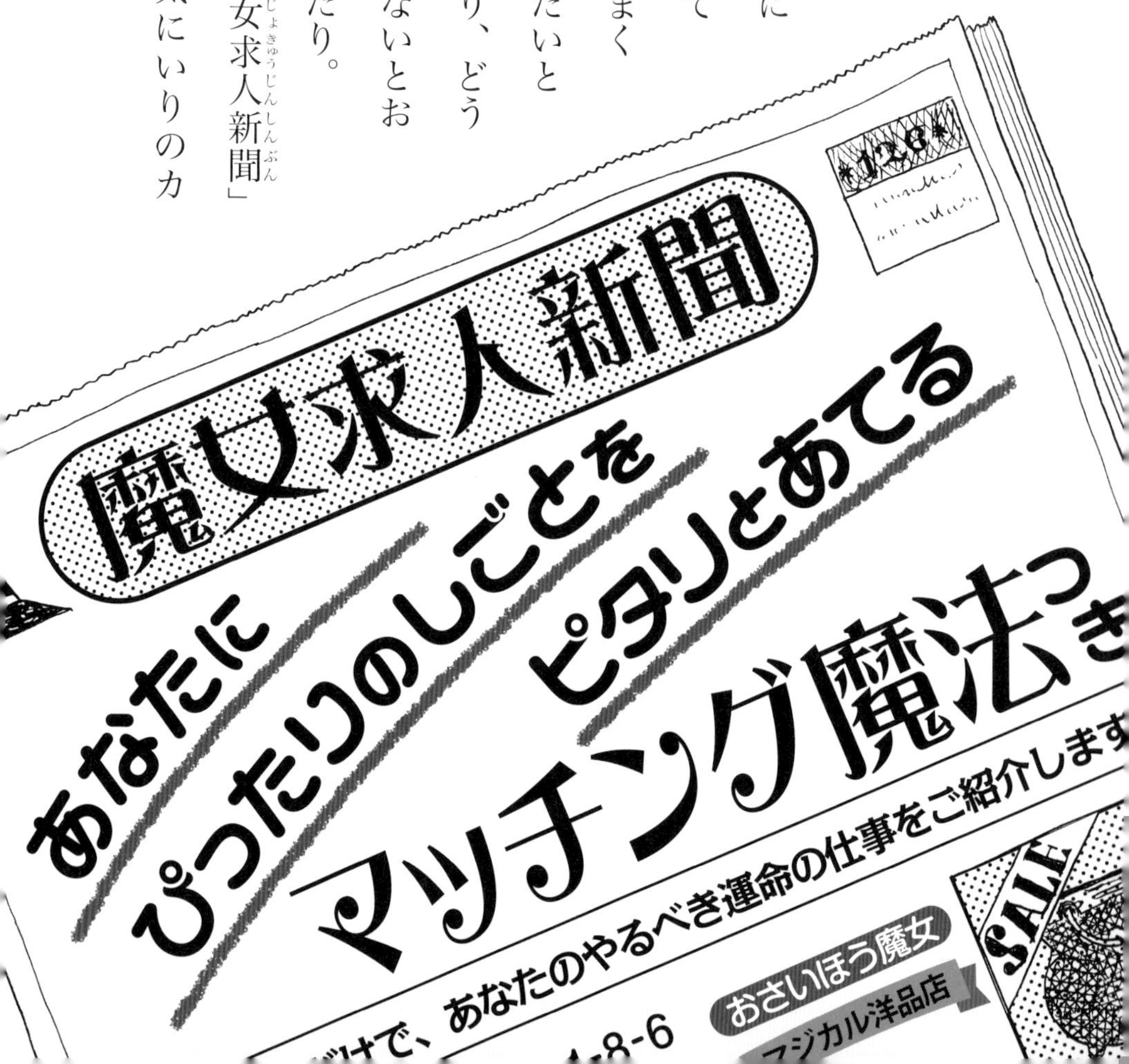

フェのたなに、チラシにまじって置《お》いてありました。求人新聞《きゅうじんしんぶん》というのは、はたらいてくれる人《ひと》をさがしている会社《かいしゃ》やお店《みせ》がずらりと書《か》いてある新聞《しんぶん》のこと。どんな仕事《しごと》なのか、どういう人《ひと》をさがしているのか、会《かい》社《しゃ》やお店《みせ》のある場所《ばしょ》ものっていました。でも、なによりパールが気《き》になったのは、このことばです。

「あなたにぴったりの仕事《しごと》をピタリとあてる『マッチング魔法《まほう》つき』求《きゅう》人新聞《じんしんぶん》。手《て》にとるだけで、あなたがやるべき運命《うんめい》の仕事《しごと》をご紹介《しょうかい》します！」

そのことばを信《しん》じて新聞《しんぶん》を手《て》にとると、そこにはこまかい字《じ》でたくさんのお店《みせ》や会社《かいしゃ》の名前《なまえ》がのっているのが見《み》えました。

ところが、次《つぎ》の瞬間《しゅんかん》から、その文字《もじ》がどんどん消《き》えていったのです。

menu
coffee
iced coffee
tea
Today Cake
!こうえん会!
よいネコのえらびち
SALE
ほうきのり
レッスン
おためし おためし おためし
おためし おためし
コンサート
魔女求人新聞
あなたにぴったりのおしごとをピタリとあてる
マッチング魔法
SALE

「まあ！　これがマッチング魔法《まほう》ね。わたしにあう仕事《しごと》だけをのこして、あわない仕事《しごと》が消《き》えていっているんだわ」

はじめはワクワクしながら、パールは消《き》えていく文字《もじ》を見《み》ていました。でも、それはいつまでもつづいて、ついには一ページめは真《ま》っ白《しろ》な紙《かみ》に変《か》わってしまったのです。

「そんな……、わたしにあう仕事《しごと》は一《ひと》つもないってこと？」

パールはおどろいてページをめくっていきました。けれど、次《つぎ》のページも、その次《つぎ》のページも真《ま》っ白《しろ》です。

「このマッチング魔法《まほう》、こわれているのかもしれないわ。無料《むりょう》の新聞《しんぶん》ですもの。安物《やすもの》の魔法《まほう》なのかも」

そうおもったとき、一件《けん》だけ仕事《しごと》の案内《あんない》がのこっているのを見《み》つけました。

どのページを見《み》ても、のこっているのはこの一件《けん》だけです。

〈「ムーンヒルズ魔法宝石店《まほうほうせきてん》」……当方《とうほう》の条件《じょうけん》にかなう魔女《まじょ》を一人《ひとり》求《もと》む。

ご希望《きぼう》の魔女《まじょ》は、いつでも面接《めんせつ》にきてください。〉

「宝石店《ほうせきてん》？　わたし、アクセサリーには興味《きょうみ》ないのに。どうしてこれがわたしがやるべき運命《うんめい》の仕事《しごと》なのかしら？　それに『条件《じょうけん》にかなう魔《ま》女《じょ》』ってどんな魔女《まじょ》？」

ムーンヒルズ魔《ま》法《ほう》宝《ほう》石《せき》店《てん》

地《ち》図《ず》をたよりに飛《と》びつづけると、矢《や》印《じるし》のついた看板《かんばん》が見《み》えてきました。看《かん》板《ばん》には「この先《さき》、月《つき》が丘《おか》」と書《か》いてあります。

そこから道《みち》はきゅうに上《のぼ》り坂《ざか》になり、パールはほうきをいっきに高《たか》く浮《う》かびあがらせました。と、坂《さか》を上《のぼ》りきった先《さき》に、古《ふる》い家《いえ》がぽつんと一軒《けん》建《た》っているのが見《み》えたのです。

「まさか……、あれかしら？」

近《ちか》づくにつれて、そのみじめなよう

すはいよいよはっきりとしてきました。とれかけた看板《かんばん》に
「ムーンヒルズ魔法宝石店《まほうほうせきてん》」と書《か》いてあるのを見《み》つけると、
パールはすっかり肩《かた》をおとします。
「もっとすてきなお店《みせ》だったらよかったのに……」
　そういいながらも、パールは
首《くび》をかしげました。

「でもこのお店《みせ》、もうずいぶん前《まえ》から、閉《し》まっているみたいだわ」

店《みせ》の前《まえ》の植《う》え込《こ》みはカラカラに枯《か》れはてて、中《なか》に人《ひと》がいる気配《けはい》もありません。お店《みせ》にはあかりもついていないのです。

ところが、ドアをちょっと押《お》してみると、すうっと開《あ》くではありませんか。

「まあ！　鍵《かぎ》がかかっていないわ」

パールは、おそるおそる店《みせ》の中《なか》へはいってみました。

「こんにちは。だれかいますか？」

そこはホールのようになっていて、いくつものウインドウに囲《かこ》まれて

います。でも、どのウインドウもほこりだらけで、中《なか》になにがかざってあるのかさえわかりません。

と、そのときのことでした。きゅうに店《みせ》のあかりがともったのです。

「おじょうちゃん、なんのようだい？」

その声《こえ》におどろいてパールはふりかえりました。すると、店《みせ》のおくをおおっているベルベットのカーテンのむこうから、小《ちい》さな動物《どうぶつ》がこっちへやってくる影《かげ》が見《み》えます。

その姿《すがた》がハッキリ見《み》えるようになると、パールは目《め》を丸《まる》くしました。耳《みみ》と目《め》のまわりと手足《てあし》が黒《くろ》くて、ほかは白《しろ》い毛皮《けがわ》におおわれた子《こ》グマが一匹《ぴき》。ちょこんと二本足《ほんあし》で立《た》っていたのです。

「まあ、かわいい！　子《こ》パンダちゃん」

パールがおもわずそうさけぶと、子《こ》パンダはチッと舌《した》うちして顔《かお》をそむけました。

「やれやれ、これだからだれにも会《あ》いたくないんだ。かわいいだって？　このおれさまが？」

子《こ》パンダはそういいましたが、店《みせ》のあちこちに置《お》いてある鏡《かがみ》にじぶん

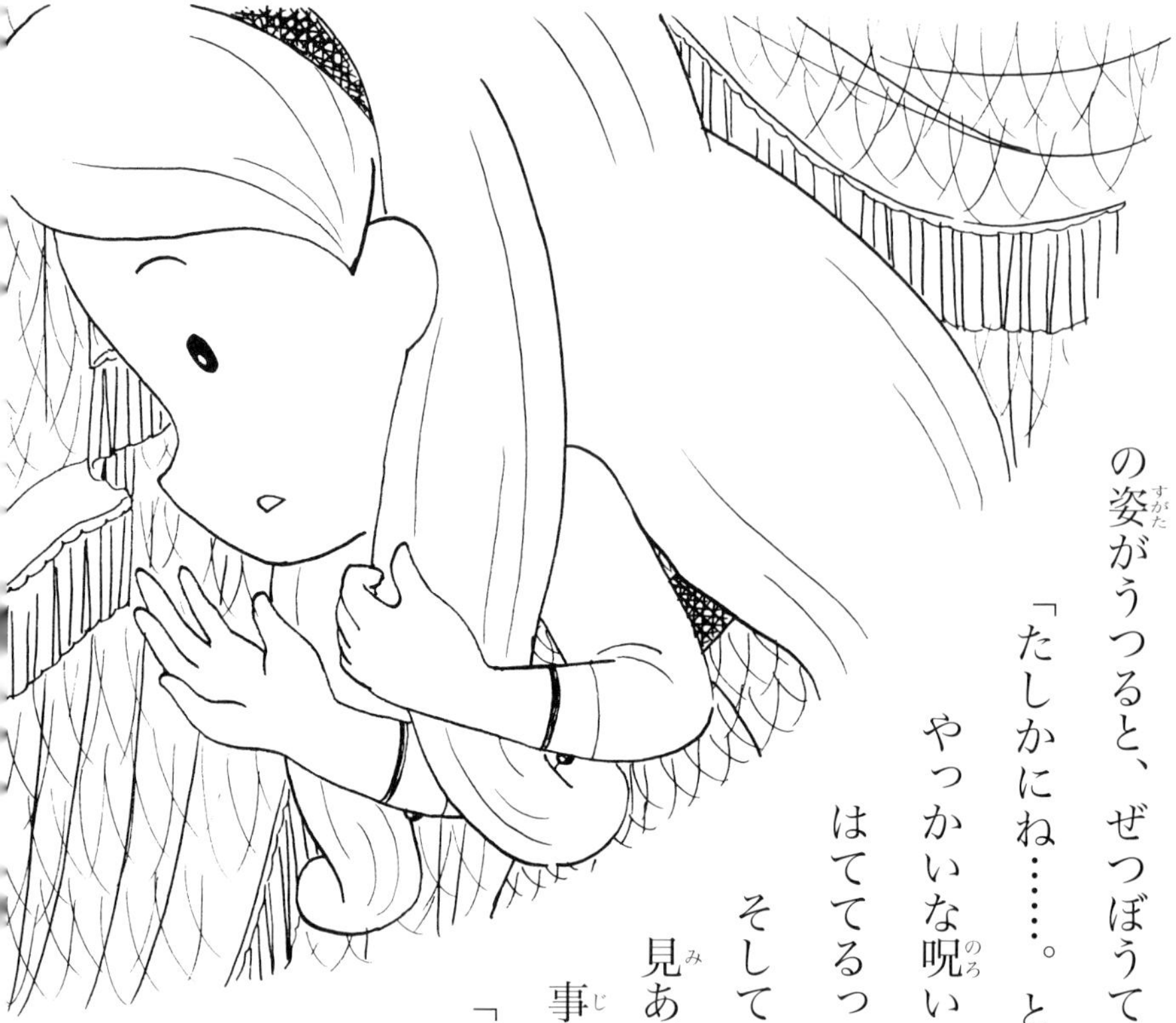

の姿《すがた》がうつると、ぜつぼうてきなため息《いき》をつきました。

「たしかにね……。ときどき忘《わす》れちまうんだよ。やっかいな呪《のろ》いのせいで、こんな姿《すがた》になりはてるってことをさ」

そして、おどろいているパールを見《み》あげると、もう一度《いちど》なんの用《よう》事《じ》かとたずねたのです。

「この新聞《しんぶん》を見《み》てきたのよ。わたし、仕事《しごと》をさがしているんだけど……」

すると、子《こ》パンダはやれ

やれという顔《かお》をしました。
「あの求人新聞《きゅうじんしんぶん》のマッチング魔法《まほう》は、どうなってんだ。条件《じょうけん》にあわない魔女《まじょ》ばかりがやってくる。最近《さいきん》の魔法《まほう》は安物《やすもの》でいけないね」
子《こ》パンダはブツブツもんくをいいながら、店《みせ》のカウンターから紙《かみ》ばさみとペンをもってきました。そして、りっぱなひじかけイスに飛《と》びのって、ちょこんとすわりました。

「それじゃあ、面接《めんせつ》をはじめるとするか。なにしろ、きかなくちゃならない質問《しつもん》が百個《こ》もあるんだ。さっさとはじめないと日《ひ》がくれちまう」

面接《めんせつ》というのは、その人《ひと》の性格《せいかく》や、得意《とくい》なことを知《し》るために、会《あ》って話《はなし》をすること。会社《かいしゃ》やお店《みせ》がはたらいてもらう人《ひと》を決《き》めるときには、かならず面接《めんせつ》をします。

「あの……、子《こ》パンダちゃんがわたしを面接《めんせつ》するの？」

そういうと、子《こ》パンダはじろりとパールを見《み》あげました。

「ああ、そうだよ。だがね、おじょうちゃん。おれさまのことは二度《にど》と子《こ》パンダちゃんってよぶんじゃない。おれさまには『アンバー』ってりっぱな名前《なまえ》があるんだからな。おれさまは、この店《みせ》の偉大《いだい》なあるじにして天才《てんさい》ジュエラー魔女《まじょ》セレニティスさまの、めしつかい猫《ねこ》だ。今《いま》は、子《こ》パンダちゃんにしか見《み》えないだろうが、もともとは……」

と、ちょっと気《き》どったポーズをつくって、こうつづけます。

「闇夜《やみよ》のような漆黒《しっこく》の毛皮《けがわ》に、琥《こ》珀《はく》のようなかっこいい金色《きんいろ》の瞳《ひとみ》の黒《くろ》猫《ねこ》さ。だからアンバー（琥珀《こはく》）ってんだ」

でも、子《こ》パンダのつぶらな瞳《ひとみ》は真《ま》っ黒《くろ》です。パールは少《すこ》し気《き》の毒《どく》になりました。

「それで、あんたの名前《なまえ》は？　おじょうちゃん」

「わたしはパールよ」

すると、アンバーは紙《かみ》ばさみの用紙《ようし》のいちばん上《うえ》に「パール」と書《か》きこみます。その下《した》には、質問《しつもん》がずらりと百個《こ》ならんでいました。

「じゃあ、パール。まず質問《しつもん》一。容姿端麗《ようしたんれい》か？」

ヨウシタンレイとは、見《み》た目《め》がととのっている美人《びじん》のことです。アンバーは、パールをじろじろと見《み》てから、こんなことをいいました。

「う～ん、まあ△ってとこかね。おじょうちゃんはオシャレにまったく興味《きょうみ》がなさそうだし」

と、用紙《ようし》に△を書《か》きこみます。

「お次《つぎ》は質問《しつもん》二。背《せ》が高《たか》いか？　これは×、と。質問《しつもん》三、料理《りょうり》がうまいか？　質問《しつもん》四、はたらきものか？　どうだい？」

「ええ……。料理《りょうり》はつくれるわ。それに、はたらきものよ」

そんな調子《ちょうし》で、アンバーの質問《しつもん》は三十分《ぷん》もつづきました。容姿端麗《ようしたんれい》、背《せ》の高《たか》さ、外国語《がいこくご》がしゃべれるか、計算《けいさん》は得意《とくい》か……。こんな古《ふる》ぼけた宝石店《ほうせきてん》ではたらく魔女《まじょ》をさがすのには、まるでふつりあいで、ずうずうしい質問《しつもん》ばかりです。けっきょくパールは、半分《はんぶん》も○をつけてもらえませんでした。

「さて、最後《さいご》の百番《ばん》めの質問《しつもん》だ。これがじつはいちばんだいじなんだよ、パール。今《いま》までの質問《しつもん》が全部《ぜんぶ》×だって、この最後《さいご》の質問《しつもん》が○なら、ぜんぶひっくりかえっちまう。オセロみたいにね」

そう聞《き》いて、パールはゴクンとのどをならしました。

「質問《しつもん》百、おじょうちゃんは……」

アンバーがそういったときでした。

ドアが開《あ》いて、もう一人《ひとり》、魔女《まじょ》がはいってきたのです。

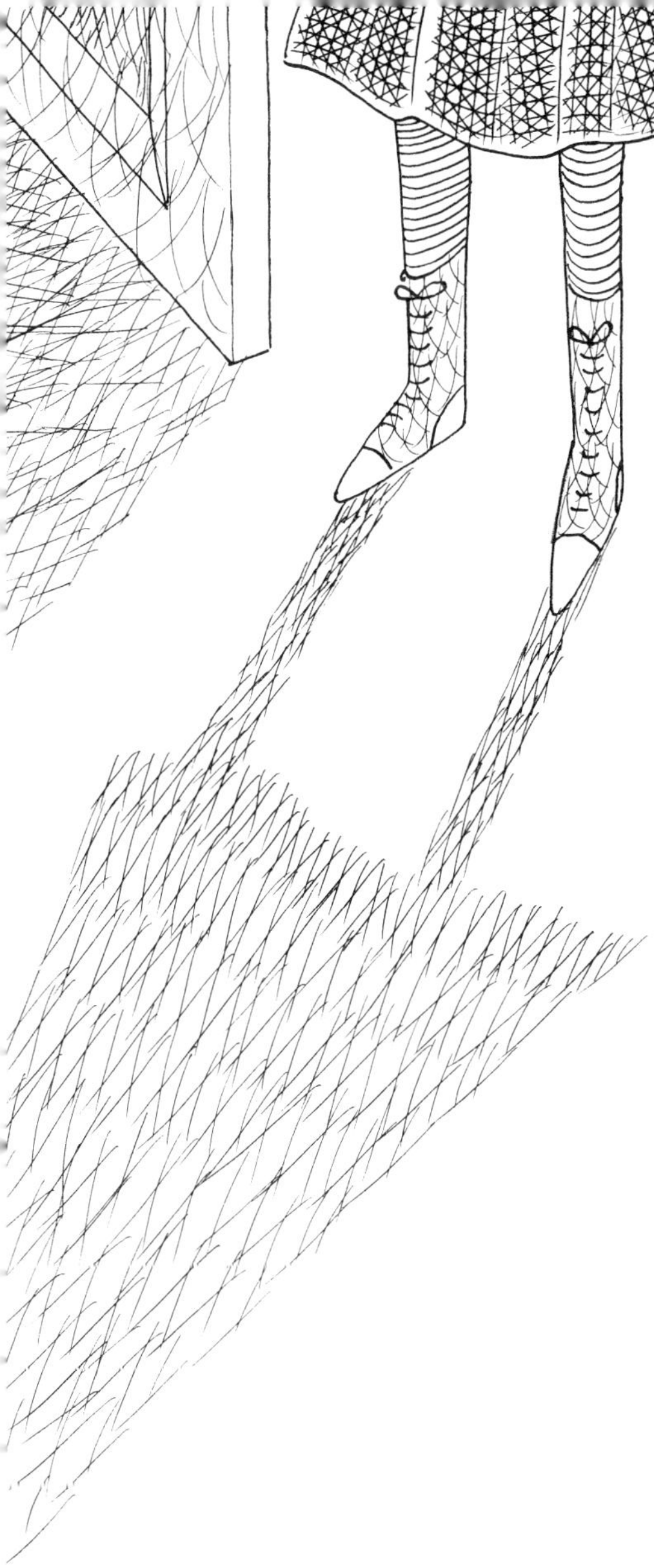

意地悪魔女《いじわるまじょ》のセレニティス

その魔女《まじょ》はとても頭《あたま》がよさそうで、パールより背《せ》が高《たか》い美人《びじん》でした。

（この人《ひと》も面接《めんせつ》にきたのよね。ああ、わたしはもうダメだわ……）

パールがおもわずため息《いき》をついたとき、その魔女《まじょ》はこういいました。

「このお店《みせ》、あかりがついているのをはじめて見《み》たわ。開《あ》いていてよかった。ねえ、ここは宝石店《ほうせきてん》でしょ？　看《かん》板《ばん》にそう書《か》いてあるし」

魔女《まじょ》がパールを見《み》てそういうので、

パールはこまってしまいました。パールを店員《てんいん》だとおもったのです。

「ええ、まあ……」

パールがそういうと、魔女《まじょ》はまっすぐに手《て》をのばしてきました。

「よかった！　わたしはルリよ。よろしく」

と、パールと握手《あくしゅ》して、こうつづけます。

「じつは、宝石《ほうせき》を買《か》いにきたんじゃないの。もとどおりにしてほしいアクセサリーがあって。ここは、そういうこともしてくださるの？」

その質問《しつもん》にパールがアンバーをちらりと見《み》ると、アンバーは気《き》どったようすでうなずきました。

するとルリも、アンバーをのぞきこんでにっこりとわらいました。

「まあ、かわいい子《こ》パンダちゃん！　あなたも店員《てんいん》さん？」

「おれさまを子《こ》パンダちゃんとよぶな！」

アンバーがそうさけぶと、カーテンのおくから女《おんな》の人《ひと》の声《こえ》がひびいてきました。

「うるさいねえ、アンバー。しずかにおしよ。客《きゃく》がきてるのかい？　百年《ねん》ぶりじゃないか。ちょっと見《み》せておくれ」

すると、アンバーは背《せ》すじをのばして店《みせ》のおくへ進《すす》み、かべをおおっているベルベットのカーテンをさっと引《ひ》きました。

と、そこに、大《おお》きな肖像画《しょうぞうが》がかかっていたのです。

その絵《え》を見《み》て、パールとルリは首《くび》をかしげ、顔《かお》を見《み》あわせました。

「どこかで見《み》たことのある絵《え》だわ。……そうよ、魔女学校《まじょがっこう》に通《かよ》っていたころ、『魔女《まじょ》の歴史《れきし》』の授業《じゅぎょう》で見《み》たのよ」

パールがそういうと、ルリもうなずいてこうつづけます。

「わたしもおもいだしたわ。『魔女《まじょ》の歴史《れきし》』の教科書《きょうかしょ》にのっていた絵《え》と同《おな》じだもの。これは、意地悪魔女《いじわるまじょ》の……なんて名《な》だったかしら？　たしか……」

次《つぎ》の瞬間《しゅんかん》、二人《ふたり》が同時《どうじ》にその魔女《まじょ》の名前《なまえ》をおもいだしました。

「セレニティス！」

意地悪魔女《いじわるまじょ》のセレニティスは、五百年前《ねんまえ》に本当《ほんとう》にいた魔女《まじょ》です。すばらしいジュエリーをつくりだす天才《てんさい》ジュエラー魔女《まじょ》で、今《いま》もそのジュエリーが

美術館《びじゅつかん》にかざられているほどでした。ところが、セレニティスはいい魔女《まじょ》ではなかったのです。歴史《れきし》の本《ほん》によると、とても意地悪《いじわる》で、ひとかけらのおもいやりもない魔女《まじょ》でした。そして、みんなにさんざんいやなおもいをさせて、ついには罰《ばつ》として絵《え》の中《なか》にとじこめられた、と伝《つた》えられています。

その魔女《まじょ》の絵《え》を見《み》あげる二人《ふたり》を、絵《え》の中《なか》のセレニティスがにらみつけました。

「生意気《なまいき》な魔女《まじょ》だね。あたしの店《みせ》にやってきて、あるじのあたしを意地《いじ》悪《わる》だって？」

そうしゃべっているのが絵《え》の中《なか》のセレニティスだと知《し》ると、パールは目《め》を丸《まる》くしました。

「まだ生《い》きてるの？　じゃあ、罰《ばつ》として絵《え》の中《なか》にとじこめられたっていうのは、本当《ほんとう》の話《はなし》だったのね？」

となりでは、ルリも感心《かんしん》して

絵《え》をのぞきこんでいます。

「今《いま》は、罰《ばつ》として絵《え》やつぼにとじこめることは禁止《きんし》されているのよ、セレニティス。気《き》の毒《どく》に、昔《むかし》は本当《ほんとう》にそんな罰《ばつ》があったのね。それにしても五百年間《ねんかん》も罰《ばつ》の魔法《まほう》がとけないなんて、よほど強《つよ》い魔法《まほう》でとじこめられたんでしょうね。それに、五百歳《さい》には見《み》えないわ」

すると、セレニティスはまゆを片方《かたほう》だけつりあげました。

「おかげさまでね。このとおりあたしは今《いま》も若《わか》くて美《うつく》しいままさ。まったくいまいましい呪《のろ》いだけど、一個《こ》だけいいところがあるんだよ。それは呪《のろ》いがとけるまで歳《とし》をとらないってことさ。アンバーもね。呪《のろ》いのせいでなさけない姿《すがた》になっちまっているけれどね」

そういわれると、アンバーは肩《かた》をすくめました。

それからセレニティスは身《み》を乗《の》りだすようなポーズで、ルリに顔《かお》を向《む》けます。

「それで、いったいなにを直《なお》してほしいんだい？　ルリ。ティアラかい？　それとも王冠《おうかん》？　それとも、勲章《くんしょう》かねえ……。もってきたジュエリーを見《み》せておくれ」

セレニティスがそういうと、アンバーがりっぱなトレイをもってきて、ルリの前《まえ》にさしだしました。真《ま》っ黒《くろ》でツヤツヤのベルベットが内側《うちがわ》にはられた銀《ぎん》のトレイです。

するとルリは、もってきた巾着袋《きんちゃくぶくろ》を、そのトレイの上《うえ》でさかさまにしました。そして巾着袋《きんちゃくぶくろ》をふると、中《なか》からたくさんの宝石《ほうせき》がパラパラとトレイの上《うえ》にころがりでたのです。

ルリの注文《ちゅうもん》

「まあ、きれい……」

トレイの上《うえ》にこぼれでた宝石《ほうせき》を見《み》て、パールはおもわずそういいました。ルリがもってきた宝石《ほうせき》は、一センチにもならない小《ちい》さな宝石《ほうせき》ばかりで、ほとんどは真珠《しんじゅ》でしたが、キラキラかがやく赤《あか》やピンク色《いろ》の宝石《ほうせき》もまじっていました。どれも糸《いと》を通《とお》す穴《あな》があけられ、ビーズになっています。

ところが、セレニティスとアンバーはきゅうにふきげんになりました。そ

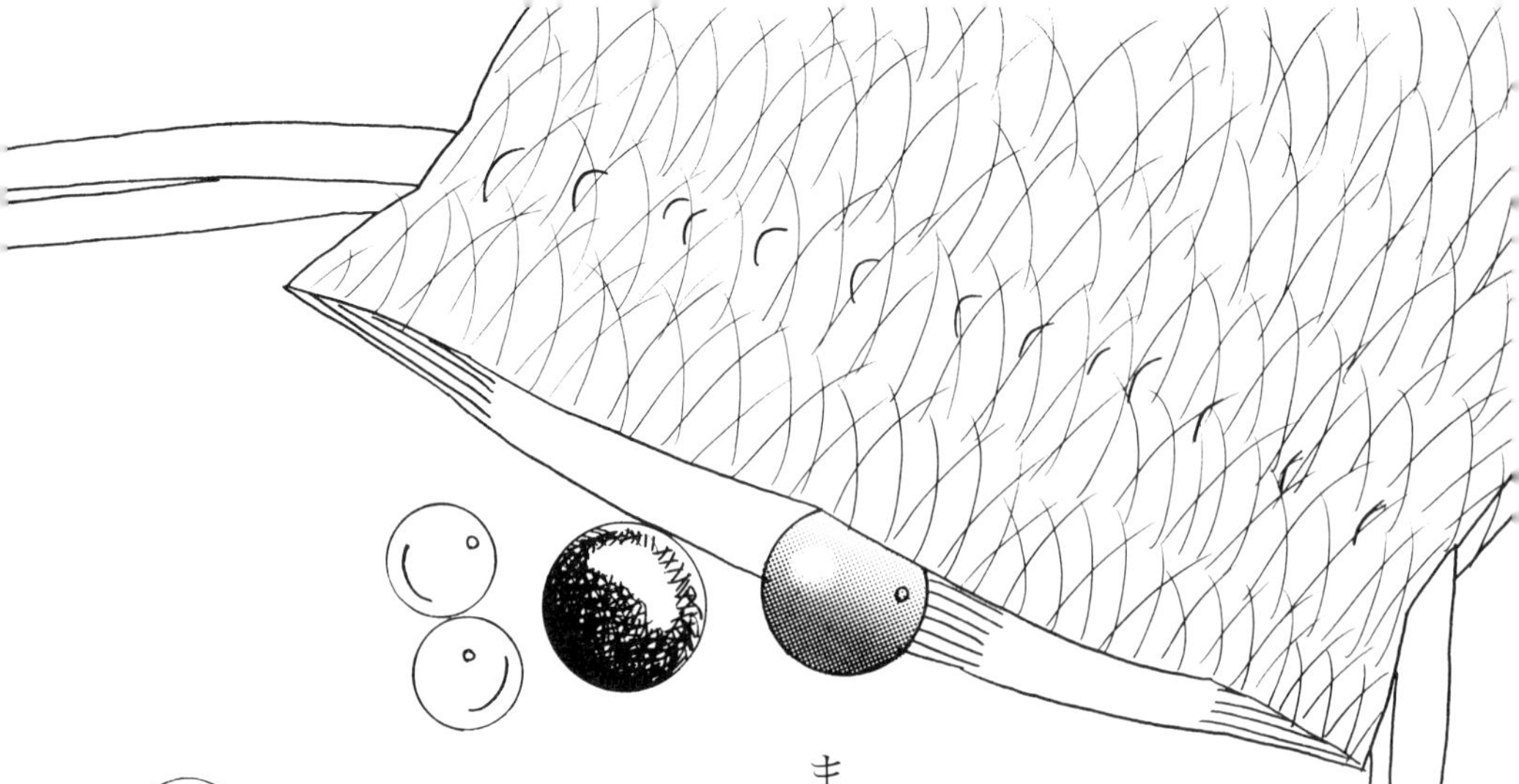

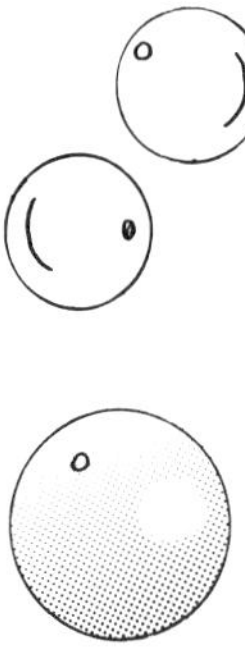

して、セレニティスがあきれたような声《こえ》でこういったのです。

「やれやれ。ほかの店《みせ》をあたるんだね、ルリ。ムーンヒルズ魔法宝石店《まほうほうせきてん》は、そんな小《ちい》さくて、つまらないジュエリーを直《なお》す店《みせ》じゃないんだよ。お客《きゃく》は王様《おうさま》やお姫様《ひめさま》、侯爵様《こうしゃくさま》や伯爵様《はくしゃくさま》ばかりさ」

それでも、ルリはひるみませんでした。

「このあたりには、ほかに宝石屋《ほうせきや》はないわ。それに、これは特別《とくべつ》なジュエリーなのよ。

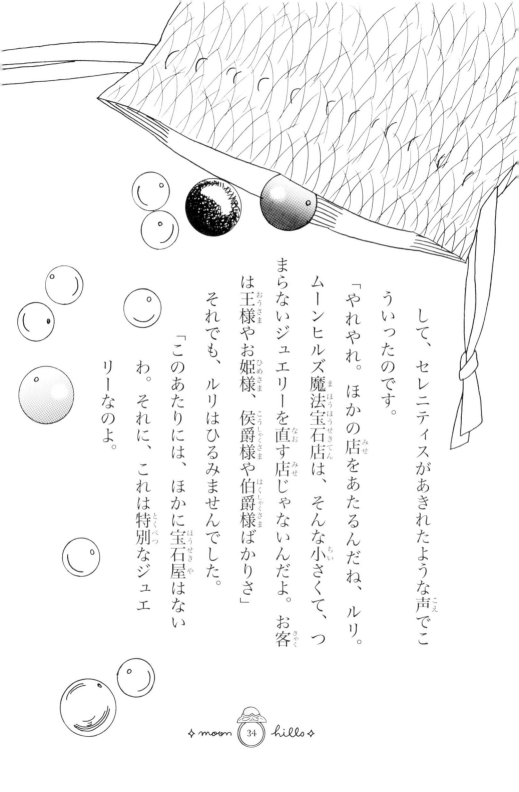

とてもいい魔法《まほう》がかかっているの。今《いま》はバラバラになってしまって、その魔法《まほう》も消《き》えてしまっているけれど……。もともとブレスレットだったと聞《き》いているわ。でもわたしがもらったときには、もうバラバラだったから、どんなブレスレットだったのか、わたしにはわからないの。正確《せいかく》にもとどおりにしなければ、魔法《まほう》はもどらないそうよ。わたし、じぶんでなんどか糸《いと》を通《とお》してみたけれど、うまくいかなくて」

　それから、すがるような顔《かお》でセレニティスを見《み》あげて、こうつづけました。

「でも、うでのいいジュエラー魔女《まじょ》なら、きっともとどおりにできるでしょ？　わたしには今《いま》、このブレスレットにかけられた魔法《まほう》がどうしても必要《ひつよう》なのよ」

すると、セレニティスは少《すこ》し興味《きょうみ》をもって
トレイの上《うえ》の宝石《ほうせき》をのぞきこみました。
「いったい、どんな魔法《まほう》がかかってい
るっていうんだい？　ルリ。こんな小《ちい》
さな宝石《ほうせき》にさ」
「どんな夢《ゆめ》や願《ねが》いごとも一つかなう魔法《まほう》
よ、セレニティス。
ずいぶんたくさんの魔女《まじょ》が、このブレスレット
を前《まえ》のもち主《ぬし》からおくられて夢《ゆめ》を
かなえ、そして次《つぎ》のもち主《ぬし》におく

りつづけてきたの。わたしも去年《きょねん》、前《まえ》のもち主《ぬし》からおくられたばかりよ」

そう聞《き》くと、セレニティスとアンバーのひとみがキラリと光《ひか》りました。

「夢《ゆめ》や願《ねが》いごとがかなうだって？」

そういって意地悪魔女《いじわるまじょ》と子《こ》パンダの姿《すがた》をしためしつかい猫《ねこ》は、ずるそうな顔《かお》を見《み》あわせました。

「そうだねえ、直《なお》してあげないってわけでもないんだよ、ルリ。うちは本当《ほんとう》は王室《おうしつ》と貴族《きぞく》が専門《せんもん》の店《みせ》だけどね。こまっている魔女《まじょ》を、ほうっちゃおけないじゃないか。ねえ、アンバー」

するとアンバーは、ルリの宝石《ほうせき》のトレイをさっさと店《みせ》のおくに運《はこ》んでいってしまいました。

「じゃあ、直《なお》してくださるの？　セレニティス」

「そういうことさ、ルリ。ちょうど退屈《たいくつ》していたとこ

ろだしね。なにしろ五百年《ねん》も仕事《しごと》をしていないんだからね。この仕事《しごと》、引《ひ》きうけようじゃないか」

さっきまで断《ことわ》ろうとしていた仕事《しごと》をきゅうに引《ひ》きうけるなんて、おかしなこともあるものです。パールはセレニティスとアンバーがなにかをたくらんでいる気《き》がしました。でも、ルリはそんなことは少《すこ》しも気《き》にしていないようすです。

「うれしいわ。ありがとう。じゃあ、よろしく」

そういって、ルリは宝石《ほうせき》をあずけて帰《かえ》っていってしまいました。

ルリが行《い》ってしまうと、パールはきゅうにいごこちが悪《わる》くなります。

そして、セレニティスとアンバーをチラリと見《み》て、こう決《き》めました。

(こんな意地悪《いじわる》な魔女《まじょ》と、かわいいけど感《かん》じの悪《わる》い子《こ》パンダの店《みせ》ではたらくなんてまっぴらよ。早《はや》く帰《かえ》ろう)

ところが、パールがそうっとドアへ向《む》かうと、セレニティスの冷《つめ》たい声《こえ》が背中《せなか》にとどいたのです。

「あんたはまだ帰《かえ》れないよ、パール」

ジュエル・リスナー

パールがゆっくりとふりかえると、セレニティスが絵《え》の中《なか》からにらんでいるのが見《み》えました。

「あんたには、まだ最後《さいご》の質問《しつもん》がのこっているんだよ。求人新聞《きゅうじんしんぶん》のマッチング魔法《まほう》はあてにならないけど、いちおう百番目《ばんめ》の質問《しつもん》をためしてみようじゃないか。さあ、左手《ひだりて》をお出《だ》し」

パールが左手《ひだりて》を出《だ》すと、アンバーがその手《て》のひらに冷《つめ》たいものをのせました。

そしてパールをじっと見《み》つめると、不思議《ふしぎ》なことをたずねたのです。

「では質問《しつもん》百。おじょうちゃんは『ジュエル・リスナー』かい？」

そういって、アンバーが手《て》をどけると、パールの手《て》のひらに美《うつく》しい宝《ほう》石《せき》が一つ、のっていました。するとその宝石《ほうせき》にゆらりと光《ひかり》がはしり、まるでランタンのようなまぶしい光《ひかり》がわきあがってきたのです。そのかがやきは、お日《ひ》さまの光《ひかり》より強《つよ》く、そうじのゆきとどいていない店《みせ》のすみずみまで照《て》らしだしました。

「ま、まぶしい！　なんなの、これ!?　手《て》がジンジンする……」

パールは宝石《ほうせき》ののった左手《ひだりて》から顔《かお》をそむけて、のけぞりました。そのようすを見《み》ていたセレニティスの片方《かたほう》のまゆがピクリともちあがります。

「もうわかったよ、アンバー。宝石《ほうせき》をとっておやり」

宝石《ほうせき》はパールの手《て》のひらからはなれたとたん、もとの冷《つめ》たい宝石《ほうせき》にもどりました。目《め》を丸《まる》くしてじぶんの左手《ひだりて》をながめているパールに、アンバーはこうつげます。

「おどろいたね、おじょうちゃん。質問《しつもん》百の答《こた》えは○だ。つまり、面接試験《めんせつしけん》は合格《ごうかく》ってことさ」

ますますおどろいているパールに、セレニティスはあきれました。

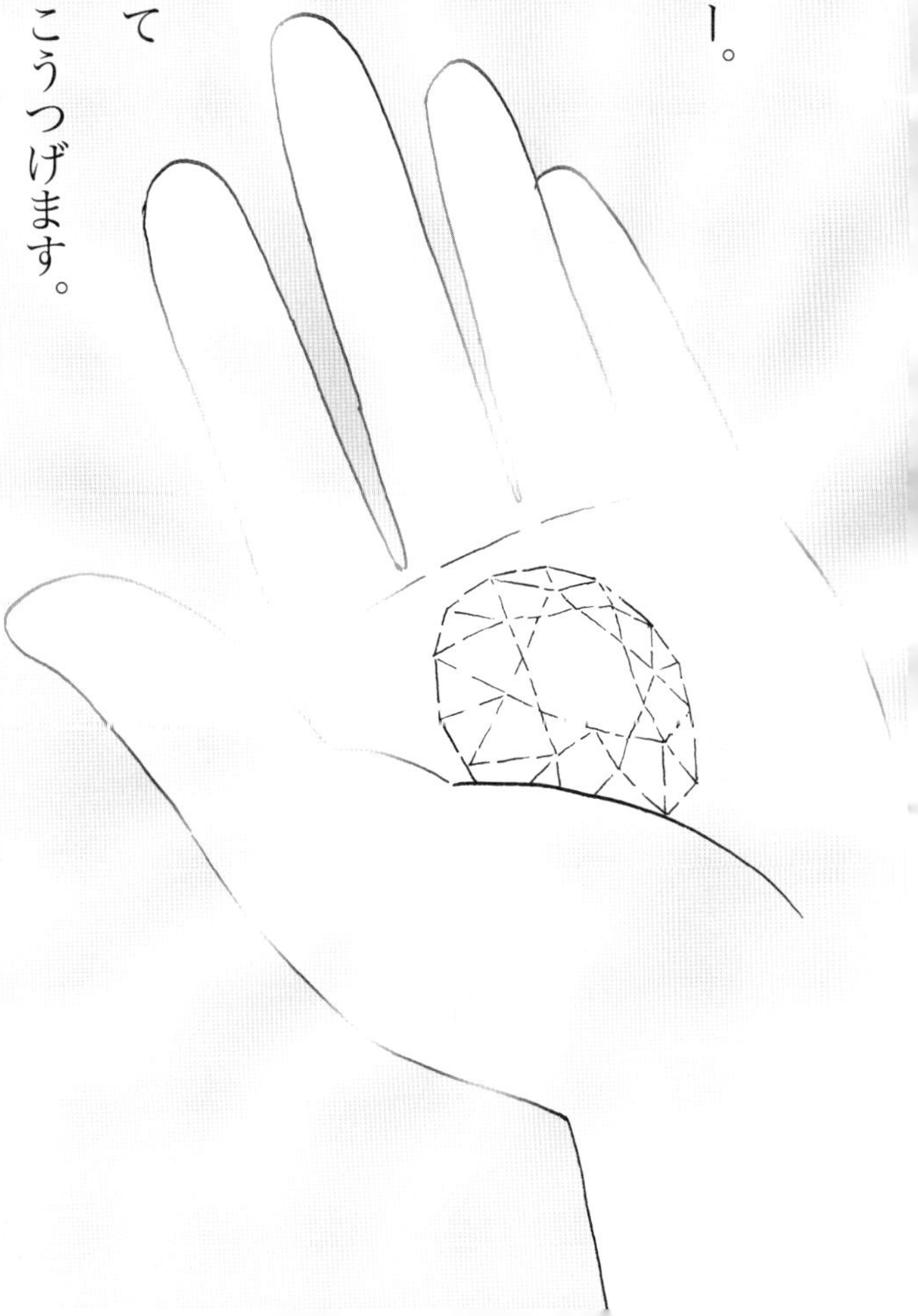

「おまえは、じぶんが宝石読《ほうせきよ》みの魔女《まじょ》『ジュエル・リスナー』だって、知《し》らなかったのかい、パール？　百年《ねん》に一人《ひとり》あらわれるかどうかっていうめずらしい力《ちから》をもって生《う》まれた魔女《まじょ》だっていうのにさ」

ジュエル・リスナーとは、宝石《ほうせき》と魔女《まじょ》の「通訳《つうやく》」のような力《ちから》をもつ魔《ま》女《じょ》のことです。宝石《ほうせき》と話《はなし》ができる不思議《ふしぎ》な力《ちから》は、左手《ひだりて》にやどっていると

いわれていました。そして強《つよ》い力《ちから》をもつりっぱな宝石《ほうせき》ほど、リスナーの手《て》のひらで明《あか》るくかがやくのです。

「おれさまも、セレニティスさま以外《いがい》のジュエル・リスナーに会《あ》うのははじめてだよ、パール。やれやれ、こんなおじょうちゃんが宝石読《ほうせきよ》みの力《ちから》をさずかっているとはねえ」

そういわれても、パールにはまるでピンときませんでした。ジュエル・リスナーのことは聞《き》いたことがありましたが、宝石《ほうせき》にもリスナーの力《ちから》にも興味《きょうみ》がなかったからです。じぶんがジュエル・リスナーだと知《し》っ

た今《いま》も、その気持《きも》ちは変《か》わりませんでした。それになにより、この店《みせ》ではたらくのは気《き》が進《すす》まなかったのです。

「あの、わたしはこの仕事《しごと》には向《む》いていないとおもうんですけど……」

パールはそういいかけましたが、セレニティスもアンバーも、パールにどうしたいか、たずねるつもりなどないようでした。

「そこにパールの荷物《にもつ》があったら、じゃまじゃないか。早《はや》く上《うえ》に運《はこ》んでおしまい、アンバー」

そういわれて、アンバーはパールの荷物《にもつ》をかかえて、おくの階段《かいだん》をのぼりはじめます。

「ついてきな。おじょうちゃんの部屋《へや》は屋根裏《やねうら》だ。弟子《でし》はここに住《す》みながらはたらくんだよ。仕事《しごと》は明日《あした》から。仕事《しごと》のほかに、料理《りょうり》もそうじも弟子《でし》の役目《やくめ》なのを忘《わす》れずに。おれさまはチーズが好物《こうぶつ》だ。それと笹《ささ》も」

「弟子《でし》ですって!?　わたしは仕事《しごと》をさがしていただけよ、アンバー」

するとアンバーは、さらっとこういいました。

「セレニティスさまは天才的《てんさいてき》ジュエラー魔女《まじょ》なんだぜ。その弟子《でし》になれるなんてめったにない幸運《こううん》ってもんさ」

そして、まだとまどっているパールをふりかえると、アンバーは肩《かた》をすくめてみせました。

「おいおい、パール。このへんに、今晩《こんばん》とめてくれる知《し》りあいでもいるのかい？」

パールはしかたなく、アンバーのあとにつづいて階段《かいだん》をのぼりはじめました。

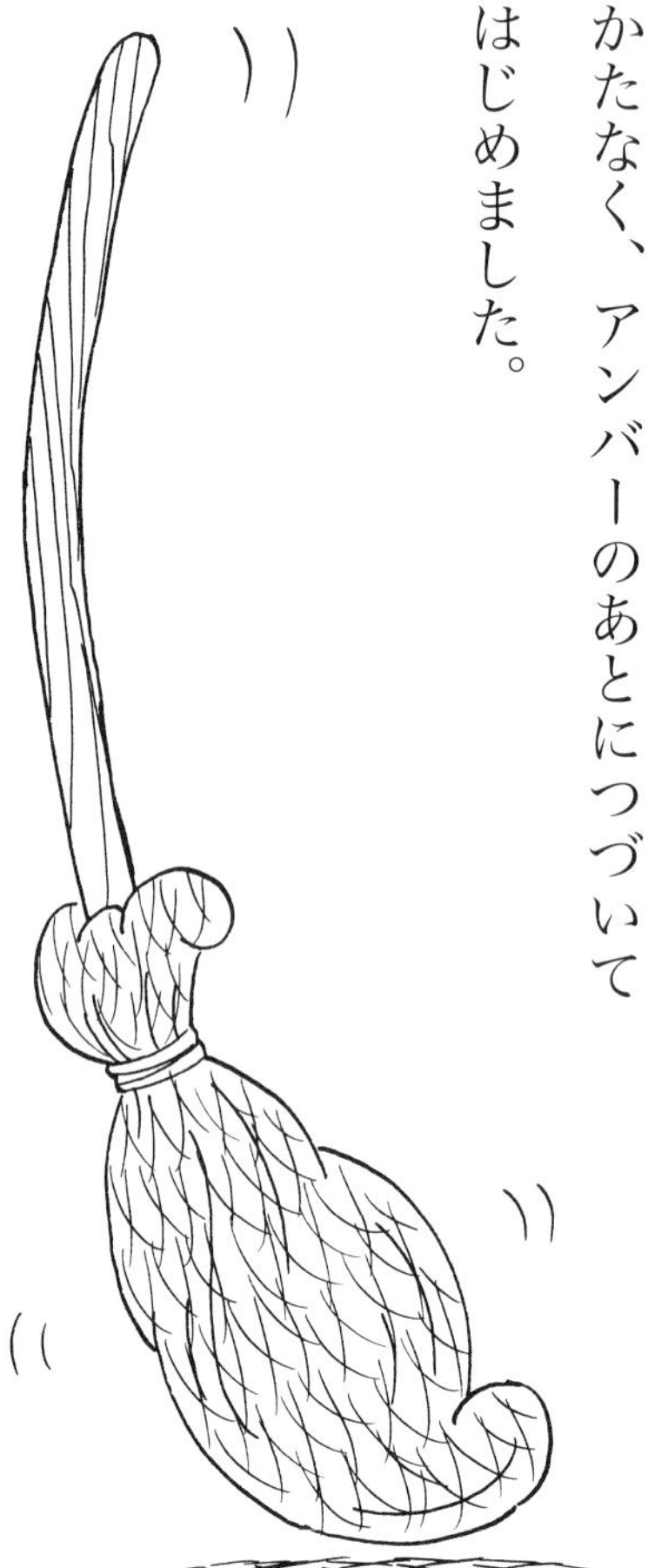

（わたしには、ほかにやってみたい仕事《しごと》や夢《ゆめ》があるわけでもないんだし。じぶんにどんな仕事《しごと》が向《む》いているのかもわからない……。それに、ほかにやとってくれるところもないんだから、しばらくここで、はたらいてみるしかないわ）

こうしてパールはしかたなく、セレニティスの弟子《でし》になったのです。

宝石《ほうせき》パズル

翌日《よくじつ》からルリのブレスレットをもとどおりにする仕事《しごと》がはじまりました。

あらためて店《みせ》を見《み》まわすと、どこもかしこもほこりだらけです。

「ここで仕事《しごと》をするの？　アンバー」

するとアンバーは首《くび》を横《よこ》にふりました。

「ここは店《みせ》だよ、パール。客《きゃく》にジュエリーを売《う》る場所《ばしょ》さ。ジュエリーをつくる『アトリエ』は、このおくだ」

そういって、アンバーは店《みせ》のおくの

ろうかを進《すす》みました。

「ここが『アトリエ』だよ、パール」

ドアが開《あ》くと、部屋《へや》の片方《かたほう》のかべに長《なが》いカウンターがあるのが見《み》えました。その上《うえ》にはパールが見《み》たこともないきかいがならんでいます。カウンターには、水道《すいどう》のじゃぐちと小《ちい》さなシンクもついていました。その向《む》かい側《がわ》のかべには大《おお》きなたながあり、いろいろな薬《くすり》のびんや、道具《どうぐ》がはいった木箱《きばこ》、本《ほん》やノートがならんでいます。そして、いちばんおくに、特別《とくべつ》な机《つくえ》が置《お》かれていました。真《ま》ん中《なか》が半月《はんげつ》の形《かたち》にへこんでいて、大《おお》きな虫眼鏡《むしめがね》のようなルーぺや、バーナーのような道具《どうぐ》のスタンドがついています。

(これが、ジュエラー魔女《まじょ》の机《つくえ》なのね)

と、そのとき。アンバーが天井《てんじょう》から下《さ》がっているひもを、ぐいっと引《ひ》っぱりました。すると、机《つくえ》の前《まえ》のかべにかかっていた絵《え》がゆっくり回《かい》転《てん》しはじめたのです。かわりに見《み》えてきたのはセレニティスがとじこめられている絵《え》でした。ここは、セレニティスの絵《え》がかざってあった店《みせ》のかべのちょうど反対側《はんたいがわ》。こうしてくるりと回《まわ》せば、店《みせ》にかざってあったセレニティスの絵《え》を、かんたんにアトリエのかべに動《うご》かすことができるのです。絵《え》の回転《かいてん》が止《と》まると、セレニティスは机《つくえ》の上《うえ》におさまりました。そして絵《え》の中《なか》からじっと、パールを見《み》おろしたのです。

「さっさとそこにおすわり、パール」

セレニティスにそういわれて、パールはイスのほこりをはたいてすわりました。こうして机《つくえ》に向《む》かうと、机《つくえ》の上《うえ》がきちんとせいとんされているのがわかります。引《ひ》き出《だ》しを開《あ》けると、道具《どうぐ》がきれいにならんでいました。

（セレニティスは、仕事《しごと》がしやすいように、いつもアトリエをせいとんしていたのね）

パールははじめて、セレニティスのいいところを見《み》つけた気《き》がしました。

「さあ、おじょうちゃん。これが今日《きょう》の仕事《しごと》だよ」

そういって、アンバーが変《か》わったトレイをもってきました。
トレイの中央《ちゅうおう》に、細《ほそ》いみぞで丸《まる》がえがかれています。
みぞの横《よこ》には、小《ちい》さな三角形《さんかっけい》のお皿《さら》が二つのっていて、
昨日《きのう》ルリがあずけていった宝石《ほうせき》がはいっていました。
「これをどうするの？　アンバー」
パールがたずねると、絵《え》の中《なか》から、
舌《した》うちする音《おと》が
聞《き》こえてきました。

「ならべるに決《き》まってるじゃないか、パール。そのトレイのみぞに、もとどおりの順番《じゅんばん》になるようにビーズをならべてごらん。さっさと手《て》を動《うご》かすんだよ」

セレニティスにそういわれても、パールの手《て》は動《うご》きませんでした。

「でも、セレニティス。この宝石《ほうせき》が、もともとどういう順番《じゅんばん》でならんでいたかなんて、わかるわけないわ」

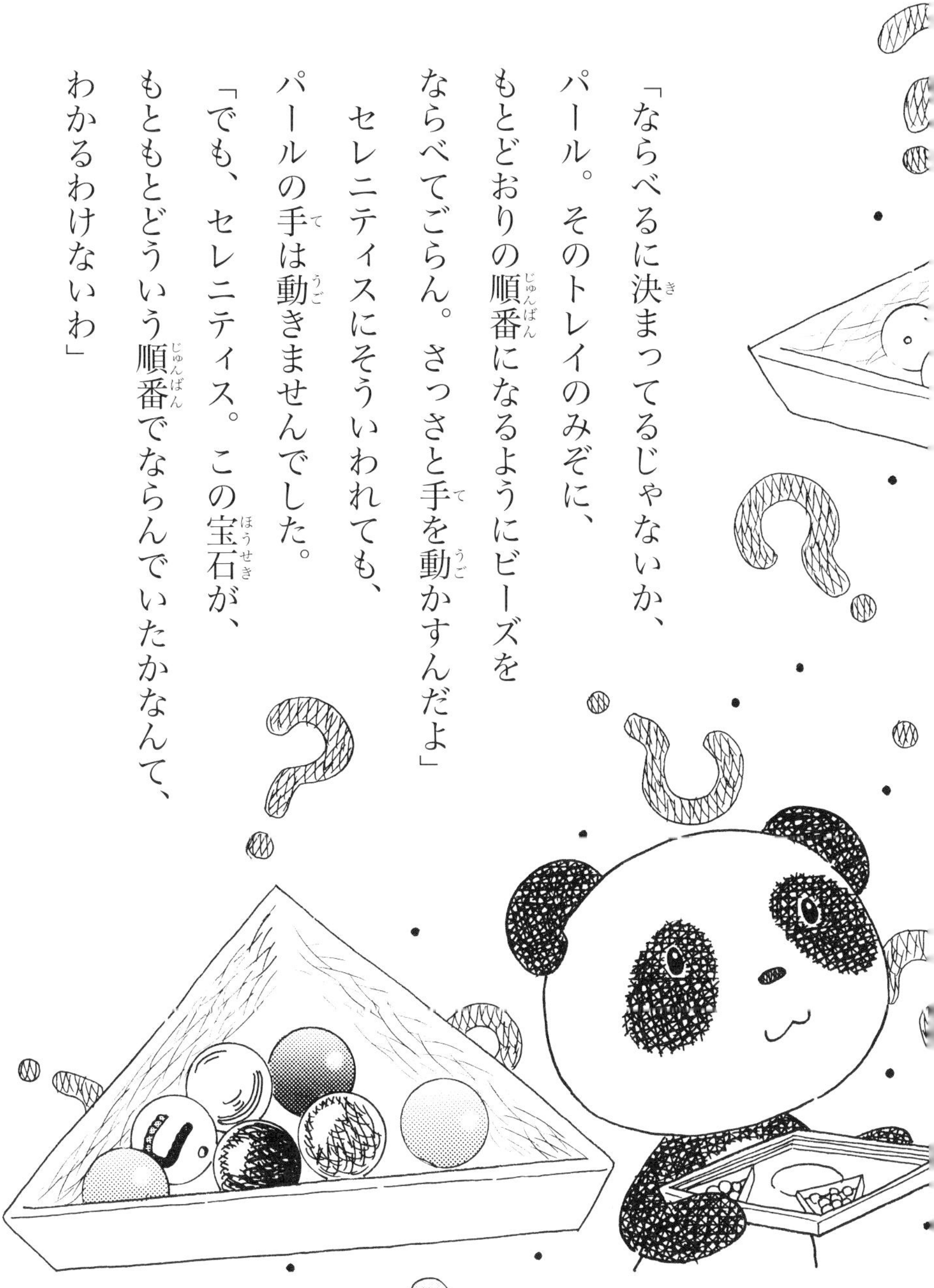

すると、セレニティスはあっさりといいました。

「そりゃそうだろうね、パール。どんなパズルだって、はじめるときには答《こた》えはわからないもんさ」

そして、アンバーがこうつづけます。

「ジュエリーってのは、美《うつく》しくなくちゃいけないもんだ。それなら、いちばん美《うつく》しいならび順《じゅん》が正解《せいかい》ってことになる。そうだろ？　パール」

「なるほど……」

パールはうなずいて、三角形《さんかっけい》のお皿《さら》にはいった宝石《ほうせき》を

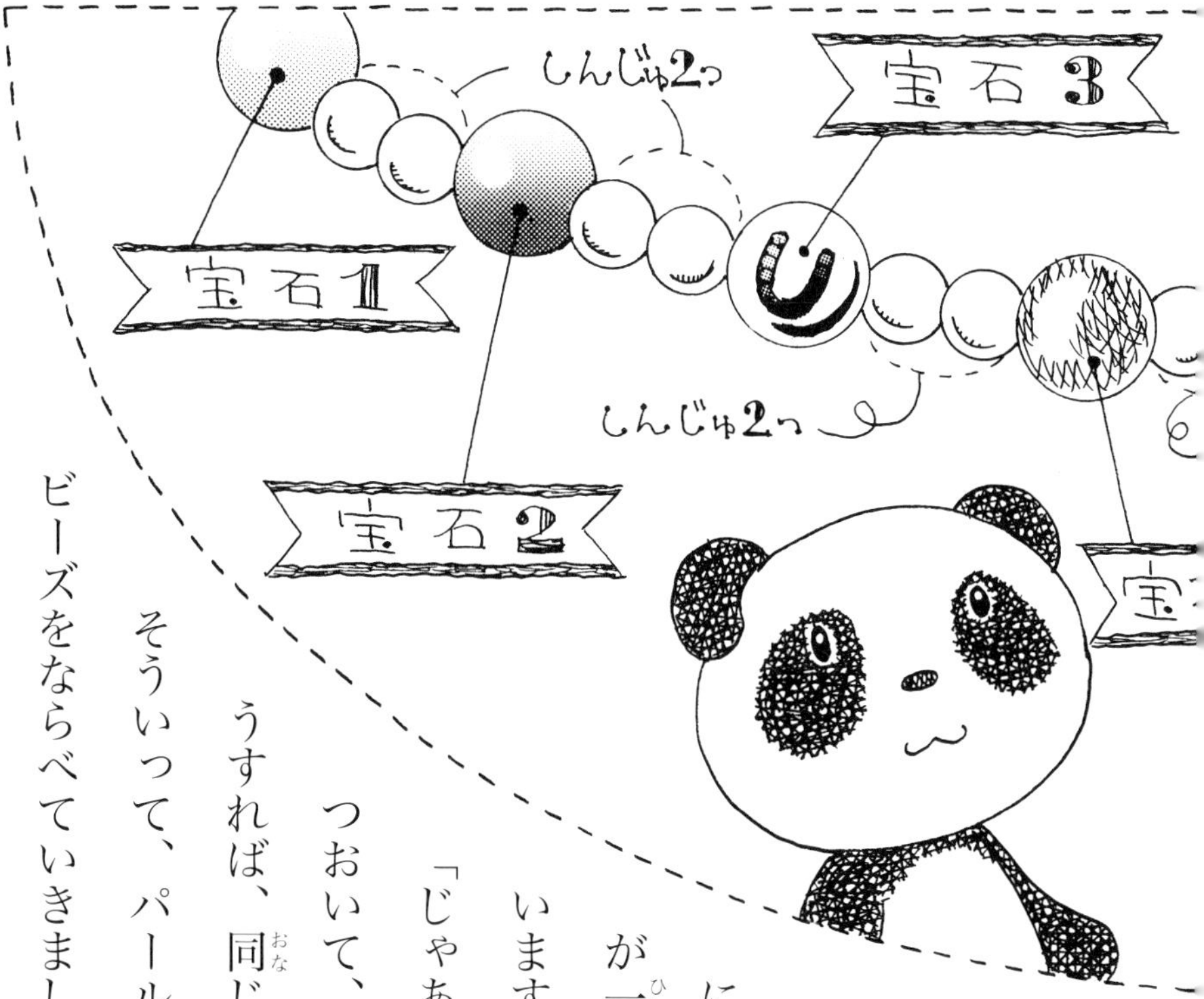

じっと見《み》つめました。

片方《かたほう》のお皿《さら》には真珠《しんじゅ》のビーズが十四粒《つぶ》、もう片方《かたほう》のお皿《さら》には、それ以外《いがい》の宝石《ほうせき》のビーズが一粒《ひとつぶ》ずつ、全部《ぜんぶ》で七粒《つぶ》はいっています。

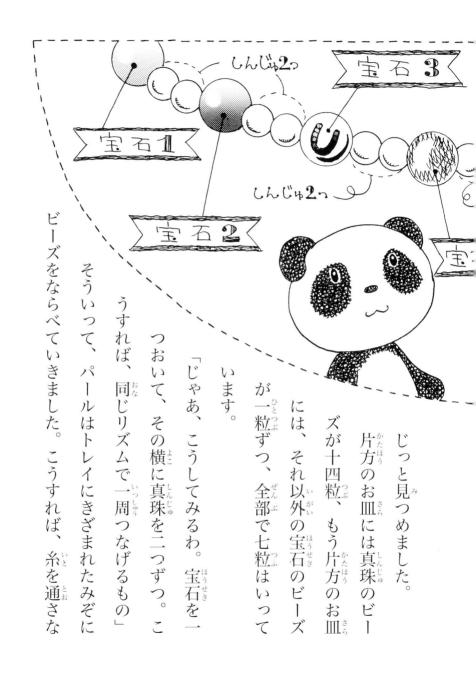

「じゃあ、こうしてみるわ。宝石《ほうせき》を一つおいて、その横《よこ》に真珠《しんじゅ》を二つずつ。こうすれば、同《おな》じリズムで一周《いっしゅう》つなげるもの」

そういって、パールはトレイにきざまれたみぞにビーズをならべていきました。こうすれば、糸《いと》を通《とお》さなくてもできあがったときのようすを見《み》ることができるのです。宝石《ほうせき》をならべながら、パールはこうたずねました。

「ねえ、アンバー。この七つはなんていう宝石《ほうせき》なの？」

パールが宝石《ほうせき》の名前《なまえ》も知《し》らないとわかると、アンバーはため息《いき》をつきました。

「やれやれ。赤《あか》いヤツはガーネット。黒《くろ》いのはオニキス。虹色《にじいろ》に見《み》え
るのはオパール。緑色《みどりいろ》の透明《とうめい》なのはダイオプサイト。紺色《こんいろ》のはラピス
ラズリ。ピンク色《いろ》の透明《とうめい》なのはクンツァイトだよ。それともう一つ
は……」

と、アンバーは七つめの宝石《ほうせき》を爪《つめ》のさきでつまみました。

「これは宝石《ほうせき》じゃなくて銀《ぎん》のビーズだな。でも、小《ちい》さなルビーの粒《つぶ》が、なにかの形《かたち》をえがくように埋《う》めこんであるぞ。アルファベットの『U《ユー》』みたいだな」

パールは最後《さいご》にその銀《ぎん》のビーズをみぞに置《お》くと、首《くび》をかしげます。

「これがいちばん美《うつく》しいならび順《じゅん》かどうかも、やっぱりわからないわ。どうすればもとどおりになったとわかるのかしら？」

すると、セレニティスがにやっとわらいました。

「宝石《ほうせき》にきいてみちゃどうだい？　ジュエル・リスナーなら、宝石《ほうせき》のいいたいことがわかるはずさ。とはいっても、あたしくらいうまく宝石《ほうせき》のことばが聞《き》けるようになるには、そうとう修業《しゅぎょう》しなくちゃねえ」

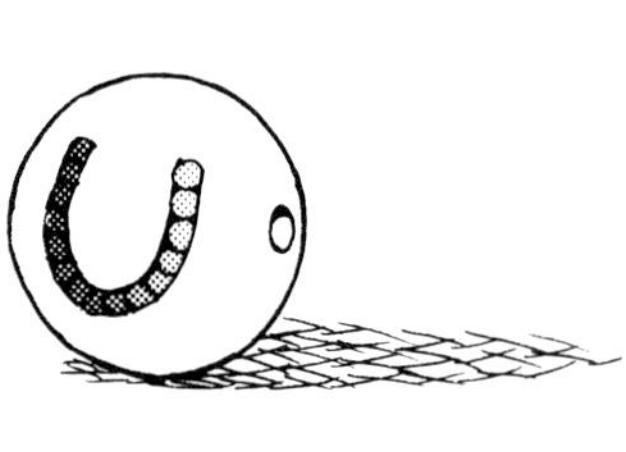

そういわれて、パールはじぶんがもって生《う》まれたその特別《とくべつ》な力《ちから》をためしてみることにしました。ガーネットをトレイからつまみあげるとじぶんの左手《ひだりて》の上《うえ》に置《お》いてみたのです。

「ガーネットさん、あなたはこの場所《ばしょ》でいいの？」

すると、ガーネットは少《すこ》しかがやき、手《て》がジンジンする感《かん》じがしました。そしてメッセージのようなものが伝《つた》わってきたのです。でもそれはとてもボンヤリとしていて、はいとか、いいえとか、そ

のていどのことしかわかりませんでした。

でも、無理《むり》もありません。どんな国《くに》のことばだって、習《なら》いはじめのころは、さっぱりわからないものです。

「ガーネットはなんて？　おじょうちゃん」
「よくわからない。でも……、この順番《じゅんばん》じゃないみたい」
と、ガーネットをトレイにもどしました。

「ああ、もどかしいねえ！　なんて役《やく》立《た》たずな弟子《でし》だろう。あたしだったらそのガーネットから、ならび順《じゅん》をそっくり聞《き》きだせるっていうのにさ」

セレニティスにそういわれて、パールがガックリ肩《かた》を落《お》としました。

「ジュエル・リスナー」が夢《ゆめ》のような力《ちから》だとおもったら大《おお》まちがい。生《う》まれもった力《ちから》でも、いっしょうけんめいに練習《れんしゅう》したり、コツをつかんだりしなければ、役《やく》に立《た》てることはできないのです。

(そんな力《ちから》なら、もって生《う》まれても、ちっともうれしくないわ)

それでも、漆黒《しっこく》の宝石《ほうせき》オニキスからは、ガーネットよりもハッキリしたメッセージを受《う》けとりました。それは、こんなメッセージです。

「じぶんが役《やく》に立《た》つ場所《ばしょ》はここじゃない。

じぶんには、いるべき場所《ばしょ》、ふさわしい場所《ばしょ》、
じぶんが力《ちから》を出《だ》しきれる場所《ばしょ》がある。

そこにもどして!」

このメッセージを
聞《き》いたパールの心《こころ》は
くらくしずみました。
もしかしたら、これはオニキスの声《こえ》ではなくて、
じぶんの心《こころ》の声《こえ》じゃないかとおもったからです。
この仕事《しごと》がやりたいっていうわけじゃないのに、
一日《にち》めからこんなに苦労《くろう》するなんて、
ここがじぶんがいるべき場所《ばしょ》だとはおもえません。
「おいおい、がっかりするのは、まだ早《はや》いってもんだぜ、おじょうちゃん」

アンバーがパールの背中《せなか》をポンポンとたたいてくれました。けれど、パールはうつむいたまま、こういっただけでした。

「ルリは、正《ただ》しい順番《じゅんばん》でならべれば魔法《まほう》はもどる、っていっていたわ。このブレスレットの宝石《ほうせき》のならぶ順番《じゅんばん》には、きっと『その順番《じゅんばん》でなくちゃならない理由《りゆう》』があるのよ。それがわからなかったら、もとどおりにすることなんてできっこないわ」

そのことばを聞《き》くと、絵《え》の中《なか》のセレニティスが手《て》をポンとたたきました。

「そのとおりだよ、パール。『その順番《じゅんばん》でなくちゃならない理由《りゆう》』をさがそうじゃないか」

そして、こう命《めい》じます。

「パール。すぐにルリの家《いえ》に行《い》って、話《はなし》を聞《き》いておいで」

「え？　なんの話《はなし》を聞《き》けばいいの？　セレニティス」

「そりゃもちろん。このブレスレットが今《いま》までどんな願《ねが》いごとをかなえてきたのか、とか、どういう魔女《まじょ》がもちぬしだったのか、とか、そういう話《はなし》さ」

good《グッド》 luck《ラック》

～あなたに幸運《こううん》がおとずれますように～

（ブレスレットのもちぬしや、その願《ねが》いごとが、宝石《ほうせき》のならび順《じゅん》とどう関係《かんけい》があるのかしら？）

　パールはそうおもいましたが、セレニティスのいうとおりにするしかありません。それで、しかたなくほうきにのると、空《そら》へ舞《ま》いあがったのです。

ルリの家《いえ》につくと、パールは気持《きも》ちよくむかえてもらえました。

　そしてすぐに、小《ちい》さなノートをさしだされたのです。

「そういうことが知《し》りたいなら、きっとこれが役《やく》に立《た》つとおもうわ。ブレスレットのもちぬしにずっと引《ひ》きつがれてきたノートよ。もちぬしの『夢《ゆめ》』と、それがどうやってかなったかが書《か》いてあるわ」

パールはさっそくノートを開《ひら》いて、一ページめを読《よ》んでみました。

「一人《ひとり》めの魔女《まじょ》の夢《ゆめ》は、病院《びょういん》のないまちに病院《びょういん》をつくることだったのね。いろいろなドクター魔女《まじょ》と知《し》りあって、じぶんも看護魔女《かんごまじょ》になる勉《べん》強《きょう》をして、夢《ゆめ》をかなえているわ」

感心《かんしん》するパールに、ルリはほほえみました。

「ほかの魔女《まじょ》たちの夢《ゆめ》もすてきなのよ、パール。役《やく》に立《た》つ発見《はっけん》をした化《か》学魔女《がくまじょ》なんて、何十年《なんじゅうねん》もがんばって研究《けんきゅう》したすえに、すばらしい発見《はっけん》をして夢《ゆめ》をかなえたの。そのあいだ、ブレスレットにはげまされたって書《か》いてあるでしょ？」

読《よ》みすすむほど、パールはこのノートに引《ひ》きこまれていきました。どの魔《ま》女《じょ》の夢《ゆめ》も、すばらしいものばかりです。スターになる夢《ゆめ》をかなえた魔《ま》女《じょ》も、その願《ねが》いはみんなをはげますことでした。スターになったあと、いろいろな場所《ばしょ》を飛《と》びまわって、たくさんの人《ひと》をはげましています。

「ここに書《か》いてあるのは、じぶんの夢《ゆめ》がかなうことで、まわりの魔《ま》女《じょ》をたくさん幸《しあわ》せにできる、そんな夢《ゆめ》ばかりだわ。じぶんだけが幸《しあわ》せになる夢《ゆめ》は、一《ひと》つもない……」

パールがそういうと、
ルリはうれしそうにうなずきました。

「それに、じぶんの夢《ゆめ》をかなえたあとは、みんなすぐに次《つぎ》の魔女《まじょ》にブレスレットをゆずっているの。ゆずるときに次《つぎ》の魔女《まじょ》におくることばも決《き》まっているのよ。ほら、ノートの裏《うら》にも、そのことばが書《か》いてあるわ」

ノートを裏返《うらがえ》すと、たしかにことばが書《か》かれていました。

「good luck《グッドラック》」。あなたに幸運《こううん》がおとずれますように、という意味《いみ》です。

「ルリの夢《ゆめ》も聞《き》かせてちょうだい」

パールがそうたずねると、ルリは少《すこ》しはずかしそうにしました。

「わたしの夢《ゆめ》は、ほかの魔女《まじょ》たちよりずっと小《ちい》さいの。だって、このまちの『花《はな》が丘《おか》』をルピナスの花畑《はなばたけ》にすることなんですもの」

「花《はな》が丘《おか》」は、ムーンヒルズ魔法宝石店《まほうほうせきてん》のある月《つき》が丘《おか》の向《む》かいあわせにありました。でも、草《くさ》も木《き》もしげらず、丘《おか》の上《うえ》には、枯《か》れた草《くさ》が風《かぜ》にゆれるばかり。

「花《はな》が丘《おか》は、むかしは見渡《みわた》すかぎりのルピナスの花畑《はなばたけ》だったんですって。そのころには、まちの

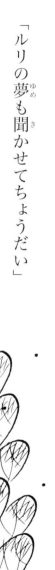

人《ひと》がピクニックにきたり、演奏会《えんそうかい》が開《ひら》かれたり、それは楽《たの》しい場所《ばしょ》だったそうよ」

ルリは、丘《おか》をそんな姿《すがた》にもどそうと、何年《なんねん》も前《まえ》からルピナスの種《たね》を丘《おか》にまきつづけてきました。けれど、少《すこ》しずつ花《はな》が増《ふ》えてきたときに、大《おお》きな嵐《あらし》がやってきたのです。

それは、つい最近《さいきん》のことでした。たった一晩《ひとばん》の嵐《あらし》は、ルリの何年《なんねん》もの努力《どりょく》をだいなしにしてしまったのです。

「そのときにおもいだしたのが、あのブレスレットだったのよ。それまでは、もらったことを忘《わす》れていたくらいなのに」

そう聞《き》いて、パールはルリが「わたしには今《いま》、このブレスレットにかけられた魔《ま》法《ほう》がどうしても必要《ひつよう》なの」といった意味《いみ》がわかりました。がんばってきたことがゼロにもどってしまったとき、ルリには、魔《ま》法《ほう》の力《ちから》という心《こころ》の支《ささ》えが必要《ひつよう》だったのです。

「あのブレスレットの魔《ま》法《ほう》がもどれば、花《はな》が丘《おか》をルピナスでいっぱいにできるって、もういちど信《しん》じられる気《き》がするの。きっと、もういちどがんばれる」

ルリは、そういってほほえみました。パールの心《こころ》の中《なか》に、ルピナスの花畑《はなばたけ》を歩《ある》くルリの姿《すがた》がうかびます。

「とてもすてきな夢《ゆめ》だわ、ルリ」

夢《ゆめ》をおうルリの目《め》はきらきらとかがやいて、まぶしいばかりです。パールは、うらやましくて、ため息《いき》をつきました。

「わたしには、かなえたい夢《ゆめ》も、やりたいこともないのよ、ルリ。どうすれば、みんなの役《やく》に立《た》てるのかもわからないわ」

すると、ルリはパールをはげましてくれました。
「だいじょうぶよ、パール。だれにでも、じぶんがいちばんかがやける場所《ばしょ》や役割《やくわり》があるんですもの。あなたにぴったりの夢《ゆめ》も、みんなの役《やく》に立《た》てる仕事《しごと》も、きっと見《み》つかるわ」

そういわれて、パールはオニキスのメッセージをおもいだしました。

（オニキスも正《ただ》しいならび順《じゅん》、じぶんのいるべき場所《ばしょ》にもどりたがっていたわ。だれもが、じぶんがいちばん役《やく》に立《た》てて、かが

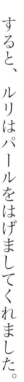

やける場所《ばしょ》を見《み》つけようとしているのね）

そう気《き》づくと、パールは宝石《ほうせき》たちを早《はや》く正《ただ》しい場所《ばしょ》にもどしてあげたいとおもいました。そうすれば、ブレスレットの魔法《まほう》の力《ちから》をもとにもどすことができます。

（ブレスレットをもとどおりにすれば、ルリの夢《ゆめ》をかなえてあげることができる！）

パールは、今《いま》のじぶんにできるいちばんいいことは、このジュエリーの仕事《しごと》をやりとげることだとおもいました。

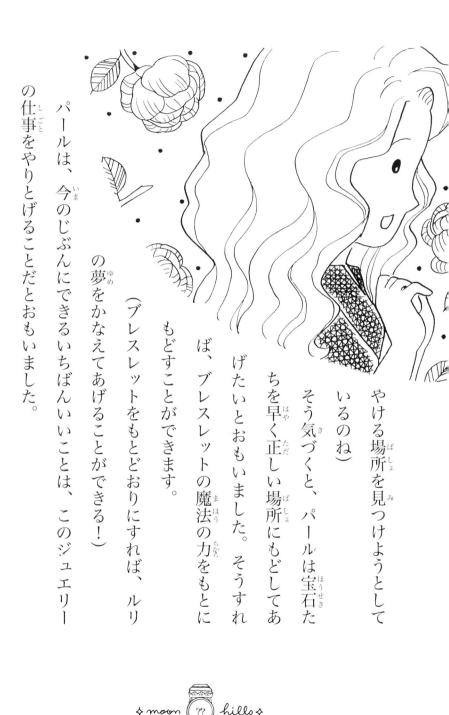

８つめの宝石《ほうせき》

月《つき》が丘《おか》の「ムーンヒルズ魔《ま》法《ほう》宝《ほう》石《せき》店《てん》」にもどると、パールは借《か》りてきたノートをセレニティスとアンバーに読《よ》ませました。

すると、セレニティスは、こういったのです。

「せっかく夢《ゆめ》や願《ねが》いごとがかなうブレスレットを手《て》に入《い》れたっていうのにさ。この魔《ま》女《じょ》たちは、どうしてこんなつまらない夢《ゆめ》ばかりかなえようとしたんだろうねえ、アンバー」

「まったく理解《りかい》できませんな、セレニティスさま」

そう聞《き》いて、パールはおどろきました。これが「つまらない夢《ゆめ》」なら、セレニティスとアンバーはいったいなにを願《ねが》うのでしょう。すると、セレニティスがこうつづけます。

「あたしだったら、世界中《せかいじゅう》のダイヤモンドが、のこらずじぶんのものになるように願《ねが》うだろうよ」

「さすがセレニティスさま！」

このおしゃべりを聞《き》いて、パールはまゆをひそめました。

「そんな願《ねが》いごとをもつ魔女《まじょ》には、だれもこのブレスレットをゆずらないとおもうわ、セレニティス。それに、こういうすてきなことばをかけてくれる魔女《まじょ》もいないでしょうね」

そういって、ノートをひっくりかえして、裏《うら》に書《か》かれた応援《おうえん》のことばを見《み》せたのです。

「『good luck《グッドラック》』（あなたに幸運《こううん》がおとずれますように）だって？」

文字《もじ》を読《よ》みあげたセレニティスの右《みぎ》のまゆが、ピクンとあがりました。そして、きゅうにきげんがよくなったのです。

「パール、おまえはなかなかいい話《はなし》を聞《き》いてきたじゃないか。よくやったよ」

そうほめられて、パールはとまどいます。それにセレニティスは、そういったきり、もうなにもいわないで、絵《え》の中《なか》を行《い》ったりきたりしていました。

「あの……、セレニティス。わたしは次《つぎ》になにをしたらいいの？」

このことばがじぶんの口《くち》から出《で》たことに、パールはじぶんでもおどろきました。昨日《きのう》までのじぶんなら、むこうから仕事《しごと》をいいつけてくるまで、なにもしなかったでしょう。

するとセレニティスは、すぐに次《つぎ》の仕事《しごと》を命《めい》じました。

「おまえの次《つぎ》の仕事《しごと》はそうじだよ、パール」

またおかしな命令《めいれい》です。パールは絵《え》を見《み》あげました。

「そうじとブレスレットとどんな関係《かんけい》が……」

そんなことばを、セレニティスは最後《さいご》まで聞《き》くことさえしませんでした。

「うるさいねえ。さっさとおはじめよ、パール。とくにテーブルの下《した》、イスの下《した》、戸《と》だなの裏《うら》は手《て》をおぬきでないよ」

そういってから、じぶんにほこりが
かからないように、アンバーに
絵《え》を回転《かいてん》させて姿《すがた》を消《け》してし
まいます。パールがため息《いき》を
ついてふりかえると、そこには
バケツとぞうきんをさしだすアン
バーが立《た》っていました。

「わかったわよ」
バケツとぞうきんを受《う》け
とったパールは、店《みせ》の窓《まど》という窓《まど》を
ぜんぶ開《あ》けました。そして、じぶんの

ほうきをよんで「飛行《ひこう》モード」から「おそうじモード」に切《き》りかえます。するとほうきは、すぐに自動運転魔法《じどううんてんまほう》ではきそうじをはじめました。それからパールは、何枚《なんまい》かのぞうきんにも魔法《まほう》をかけて、手伝《てつだ》いをさせることにします。

「お母《かあ》さんに『おそうじ魔法《まほう》』を習《なら》っておいてよかったわ」

じぶんでもぞうきんをしぼりながら、パールはお母《かあ》さんに感謝《かんしゃ》しました。

こうして、しぶしぶそうじをはじめたパールですが、店《みせ》の中《なか》がだんだんとさっぱりしてくると、なんだか楽《たの》しくなってきました。

ウインドウはピカピカにふきあげられ、床《ゆか》もいまや鏡《かがみ》のようにツヤツヤです。マホガニーの木枠《きわく》や戸《と》だなも上品《じょうひん》なつやをとりもどして、堂々《どうどう》たるようすになりました。はじめからそうじを手伝《てつだ》うつもりのなかったアンバーも、パールのはたらきぶりと、かがやきをとりもどしていく店《みせ》のようすに目《め》を見《み》はりました。

「ほう……。

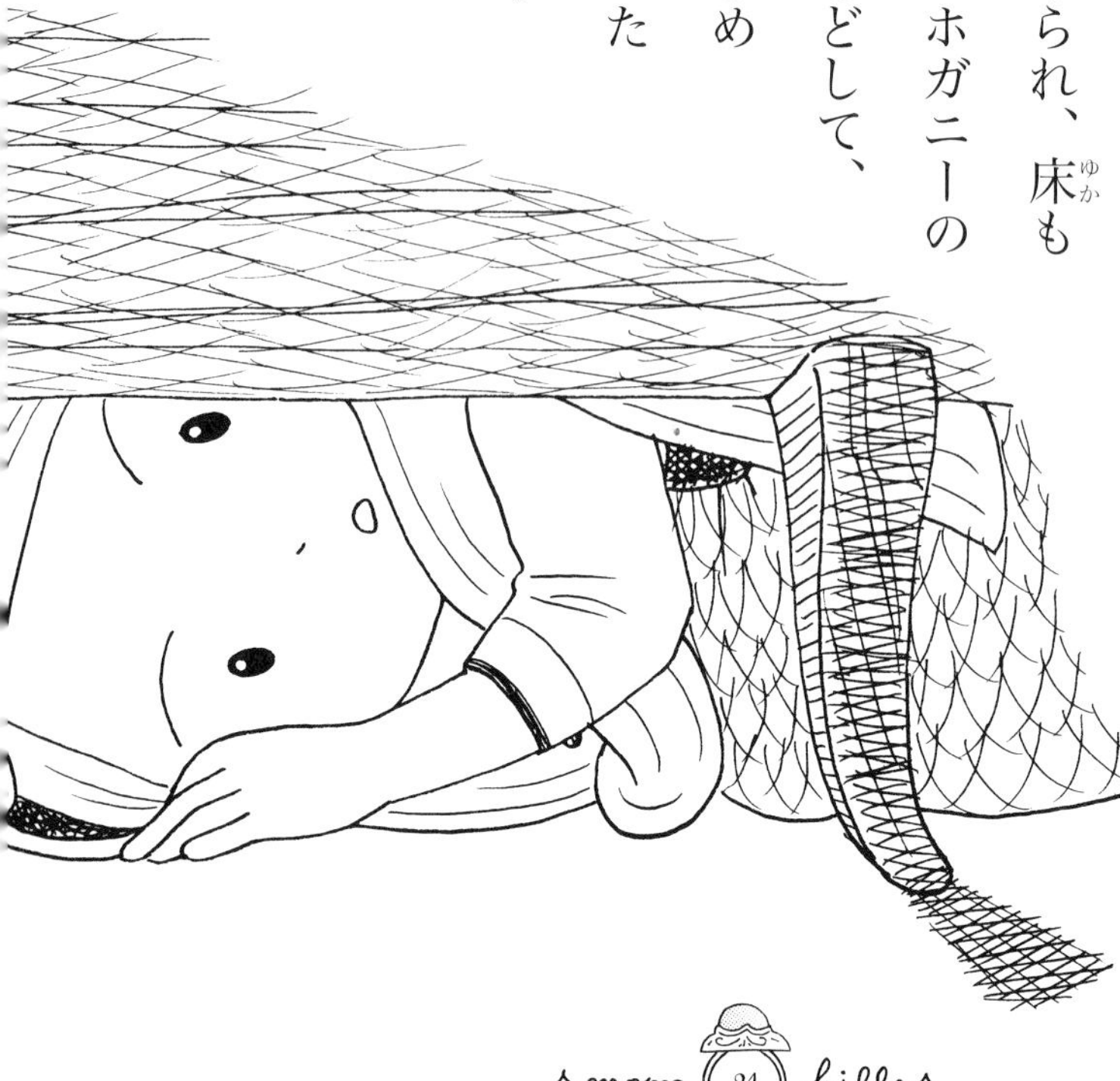

やるねえ、おじょうちゃん」
と、おもったときのことでした。
戸《と》だなの下《した》をふこうと、床《ゆか》をのぞき
こんだパールが、あっと声《こえ》をあげたのです。
「戸《と》だなの下《した》になにかあるわ。
ほら、なにか光《ひか》っているでしょ？
アンバー」
アンバーも顔《かお》を横《よこ》にして、
かわいいほっぺを床《ゆか》にくっつけました。
「こりゃあ、宝石《ほうせき》みたいだな。と、なりゃあ、
そうじもこれで終《お》わりだよ、おじょうちゃん」

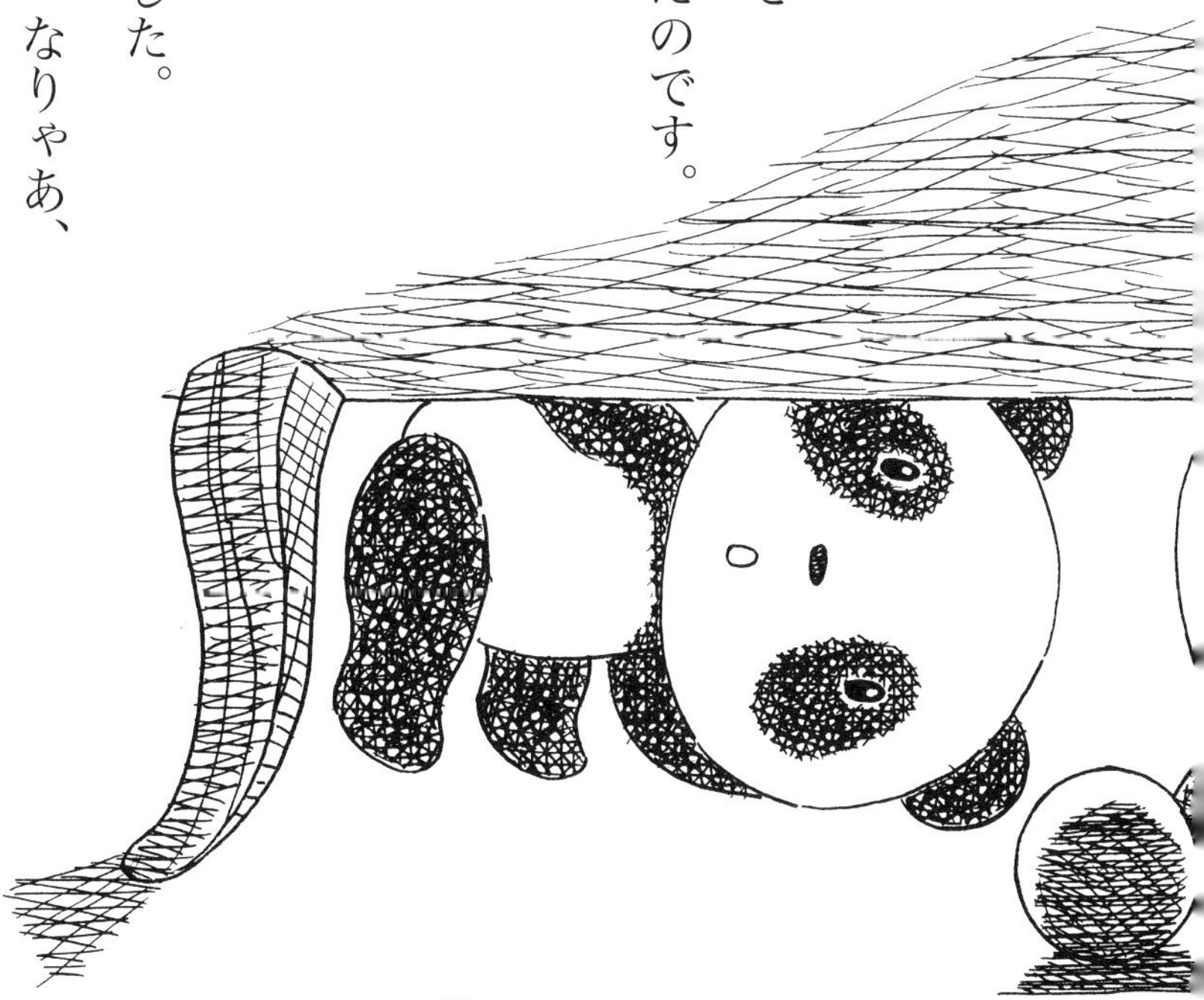

そういって、セレニティスの絵《え》を回転《かいてん》させて、もとどおりにしました。

「なんとまあ！　きれいになったもんだね」

セレニティスは店《みせ》を見《み》まわして、そうさけびました。

「それで、八つめの宝石《ほうせき》は見《み》つかったのかい？　アンバー」

そう聞《き》いて、パールはおどろきました。

「八つめの宝石《ほうせき》？　このそうじは、その宝石《ほうせき》を見《み》つけるためだったの？」

すると、セレニティスは肩《かた》をすくめました。

「そういわなかったかねえ。ところで宝石《ほうせき》は、シトリンかい？　それとも、水晶《すいしょう》？　そうでなかったら、カーネリアン？」

パールはしぶしぶ戸《と》だなの下《した》に左腕《ひだりうで》をつっこんで、宝石《ほうせき》をさぐりました。宝石《ほうせき》がパールの指先《ゆびさき》にふれると、ふわっとした光《ひかり》が戸《と》だなの下《した》からわきあがります。とりだした宝石《ほうせき》は、レモン色《いろ》にかがやいていました。

「シトリンですな、セレニティスさま」

アンバーといっしょに宝石《ほうせき》をのぞきこんでいたパールがこうつづけます。

「それに、ルリのもってきた宝石《ほうせき》と同《おな》じサイズだわ。糸通《いととお》しの穴《あな》もあいて、ビーズになっているし……」

するとと、セレニティスがケタケタとわらいました。

「だから、八つめの宝石《ほうせき》っていったじゃないか。さしずめ、昨日《きのう》ルリが宝石《ほうせき》をトレイに入《い》れるときに、こぼれおちたんだろうよ」

そう聞《き》いても、パールは首《くび》をかしげるばかりです。

「でも、どうして八つめがあるっておもったの？　それに宝石《ほうせき》の種類《しゅるい》まであてるなんて……」

「あたしをだれだとおもっているんだい？　パール。天才魔女《てんさいまじょ》のセレニティスだよ。あたしがおもっていたとおり、このブレスレットは『リガードジュエリー』だったのさ」

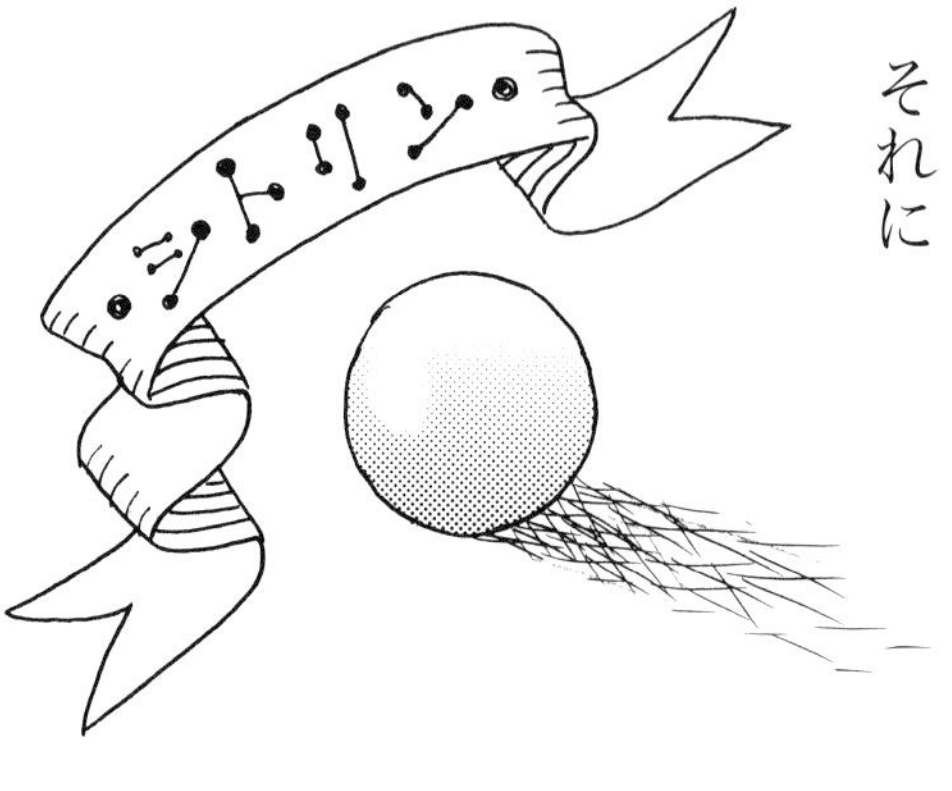

9

リガードジュエリー

「リガードジュエリーって、なんなの？」

パールがそうたずねると、アンバーが得意《とくい》げにいいました。

「宝石《ほうせき》を暗号《あんごう》のように使《つか》ったジュエリーのことだよ、パール。宝石《ほうせき》の名前《なまえ》の頭文字《かしらもじ》をつなげてメッセージをつくるんだ」

それから、パールを見《み》あげてこうつづけます。

「おじょうちゃんは『その順番《じゅんばん》でなく

ちゃならない理由《りゆう》』があるはずだっていっただろ？　リガードジュエリーは、まさにそういうジュエリーなのさ。メッセージの文字《もじ》の順番《じゅんばん》どおりでなくちゃいけないからね」

パールは、そんなふうに宝石《ほうせき》をえらんだり、ならべたりするジュエリーのつくりかたがあることをはじめて知《し》りました。リガードジュエリーに興味《きょうみ》をもったパー

ルに、こんどはセレニティスが話《はなし》をつづけます。

「ノートの裏《うら》に書《か》かれている「good luck《グッドラック》」（あなたに幸運《こううん》がおとずれますように）の文字《もじ》を見《み》たときには、それがこのリガードジュエリーのメッセージだと、すぐにピンときたねえ。G《ジー》はガーネット、二つのO《オー》はオパールとオニキス。D《ディー》はダイオプサイト、L《エル》はラピスラズリ、K《ケー》はクンツァイト」

そう聞《き》いて、パールは目《め》をかがやかせました。

「わあ、おもしろい！　本当《ほんとう》に暗号《あんごう》みたい。でも、U《ユー》とC《シー》がないわ」

するとアンバーが銀《ぎん》のビーズを爪《つめ》でつまみあげます。

「それこそがヒントさ、パール。U《ユー》ではじまる名前《なまえ》の宝石《ほうせき》は一個《いっこ》もないんだ。まあ、石《いし》みたいなものならあるけど、宝石《ほうせき》じゃない。だから、このブレスレットをつくったジュエラー魔女《まじょ》はU《ユー》ではじまる宝石《ほうせき》のかわりに、

銀《ぎん》のビーズをつくって、そこにU《ユー》の文字《もじ》をルビーでえがいたってわけさ」

ここまで聞《き》くと、パールの瞳《ひとみ》はますますかがやきます。

「それで、C《シー》ではじまる八個《こ》めの宝石《ほうせき》があるはずだって、おもったのね」

絵《え》の中《なか》のセレニティスは、満足《まんぞく》そうにうなずきました。

「あたしはなんだってお見通《みとお》しさ」

ード
Jewelry
エリー

R ルビー Ruby

E エメラルド Emerald

G ガーネット Garnet

A アメジスト Amethyst

R ルビー Ruby

D ダイヤモンド Diamond

大好きなあなたへ

DEAR

D ダイヤモンド Diamond

E エメラルド Emerald

A アクアマリン Aquamarine

R ルビー Ruby

たいせつな人へ

REGARD

しあわせをねがって

HAPPY

H ヒデナイト Hiddenite

A こはく Amber

P ピンクジェイド Pink jade

P ペリドット Peridot

Y イエロー アゲート Yellow Agate

リガ
Regard
ジュ

恋《こい》のこくはく

LOVE ME

L ラピスラズリ Lapis lazuli
O オパール Opal
V バリサイト Variscite
E エメラルド Emerald
M ムーンストーン Moonstone
E エメラルド Emerald

リガードジュエリー

宝石《ほうせき》の英語《えいご》の名前《なまえ》のかしら文字《もじ》をならべて、メッセージをつくったジュエリー。100年《ねん》くらいまえにイギリスなどではやりました。

「うやまう」「したう」の英語《えいご》のREGARD（リガード）をいみする宝石《ほうせき》がよくつかわれたので、こうよばれています。

レモン色《いろ》のシトリンをもって、パールとアンバーはアトリエにはいりました。セレニティスの絵《え》も回転《かいてん》させます。

「宝石《ほうせき》のビーズは全部《ぜんぶ》で八個《こ》。これをgood luck《グッドラック》の順《じゅん》にならべれば、魔法《まほう》の力《ちから》がもどるのね」

さっそくパールは、トレイのみぞに八個《こ》のビーズを正《ただ》しい順番《じゅんばん》でならべていきます。二つのO《オー》は、アルファベット順《じゅん》に置《お》くことにしました。ならべおわると、八つの宝石《ほうせき》をはさむように真珠《しんじゅ》を十四個《こ》置《お》いてみます。

「ぜったいにこれが正《ただ》しいならびかたよ！　宝石《ほうせき》たちもそういってる」

パールはおもわず、そうさけびました。そして、こんな気持《きも》ちがわきあがってきたのです。

（わたしはかんちがいしていたみたい。きのうまで、ジュエリーには、興味《きょうみ》ないっておもいこんでいたんですもの。ジュエリーは、じぶんを本当《ほんとう》の姿《すがた》よりよく見《み》せるためのもの。そう決《き》めつけていたわ。でも、こんなふうに、あたたかな願《ねが》いや、すばらしい意味《いみ》のこめられたジュエリーもあるなんて……。

ジュエリーって、おもしろいかもしれないわ！）

パールの初仕事《はつしごと》

「宝石《ほうせき》のビーズのならび順《じゅん》も決《き》まったことだし、これに糸《いと》を通《とお》して、とめがねをつけてごらん、パール」

セレニティスがそういうと、アンバーがすぐに糸《いと》をもってきました。

「これは、これ以上《いじょう》ないってくらいじょうぶな糸《いと》だよ、パール。上等《じょうとう》のきぬ糸《いと》に、百年蓮《ひゃくねんはす》の糸《いと》をよりあわせた高《こう》級品《きゅうひん》さ」

百年蓮《ひゃくねんはす》というのは、その名《な》のとおり百年《ひゃくねん》に一度《いちど》しか花《はな》を咲《さ》かせない不思議《ふしぎ》な蓮《はす》です。その茎《くき》は細《ほそ》いけれど、魔女《まじょ》の背《せ》ほどもあって、どんな嵐《あらし》でもおれないほどじょうぶでした。そんな茎《くき》をかわかして、細《ほそ》くさいてつくったのが、百年蓮《ひゃくねんはす》の糸《いと》なのです。

パールが糸《いと》を手《て》にとると、セレニティスは次《つぎ》にとめがねも用意《ようい》させました。

「ブレスレットの金具《かなぐ》はじぶんでとめるとなるとやりづらいからね。アンバー、マンテルをもっておいで」

マンテルというのは、リングに棒《ぼう》を通《とお》してとめるだけのとめがねです。アンバーがもってきたトレイには、色々《いろいろ》なデザインのマンテルが五個《こ》もならんでいました。

どれも五百年前《ねんまえ》にセレニティスがつくったものです。

「わあ、すてき……」


パールはほうっと息《いき》をはきました。

「おまえもいつかは、じぶんでマンテルをつくれるようにならなくちゃいけないよ。だけど今日《きょう》は、あたしのつくったマンテルをお使《つか》い。このブレスレットは願《ねが》いをかなえる魔法《まほう》つきだから、それにふさわしいマンテ

ルにしようじゃないか」

そういわれて、パールは星《ほし》と矢《や》のマンテルをえらびました。すると、セレニティスも満足《まんぞく》そうにうなずきます。

「いいのをえらんだじゃないか、パール。星《ほし》のかたちは幸運《こううん》のおまもりの一《ひと》つ。矢《や》は目的《もくてき》を達成《たっせい》するっていう意味《いみ》のかたちだからね」

これで材料《ざいりょう》はすべてそろいました。パールは糸《いと》を手《て》にとると、セレニ

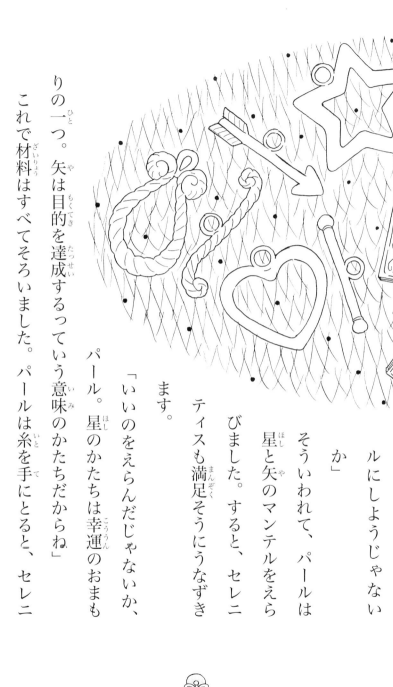

ティスとアンバーに教《おし》えられながら、しんちょうに宝石《ほうせき》の穴《あな》に通《とお》していきます。それから、ビーズとビーズのあいだに一つずつ、糸《いと》の結《むす》びめをつくっていきました。こうして仕上《しあ》げると、ブレスレットはとてもしなやかで、じょうぶになるのです。

そしてついに、すべてのビーズとマンテルが一本《いっぽん》につながりました。

「さあ、最後《さいご》は忘《わす》れずに、店《みせ》のタグをつけるんだよ」

セレニティスがそういうのと同時《どうじ》に、アンバーが銀《ぎん》でできた小《ちい》さなプレートと、刻印《こくいん》する道具《どうぐ》をもってきました。プレートのはしには小《ちい》さな穴《あな》があいていて丸《まる》い輪《わ》が通《とお》っています。この輪《わ》を開《ひら》いてマンテルの丸《まる》い金具《かなぐ》に通《とお》し、もとどおりとじて店《みせ》のタグにするのです。

「マンテルにつける前《まえ》に、ムーンヒルズ魔法宝石店《まほうほうせきてん》の頭文字《かしらもじ》MHMJ《エムエイチエムジェイ》と刻印《こくいん》するんだよ、パール」

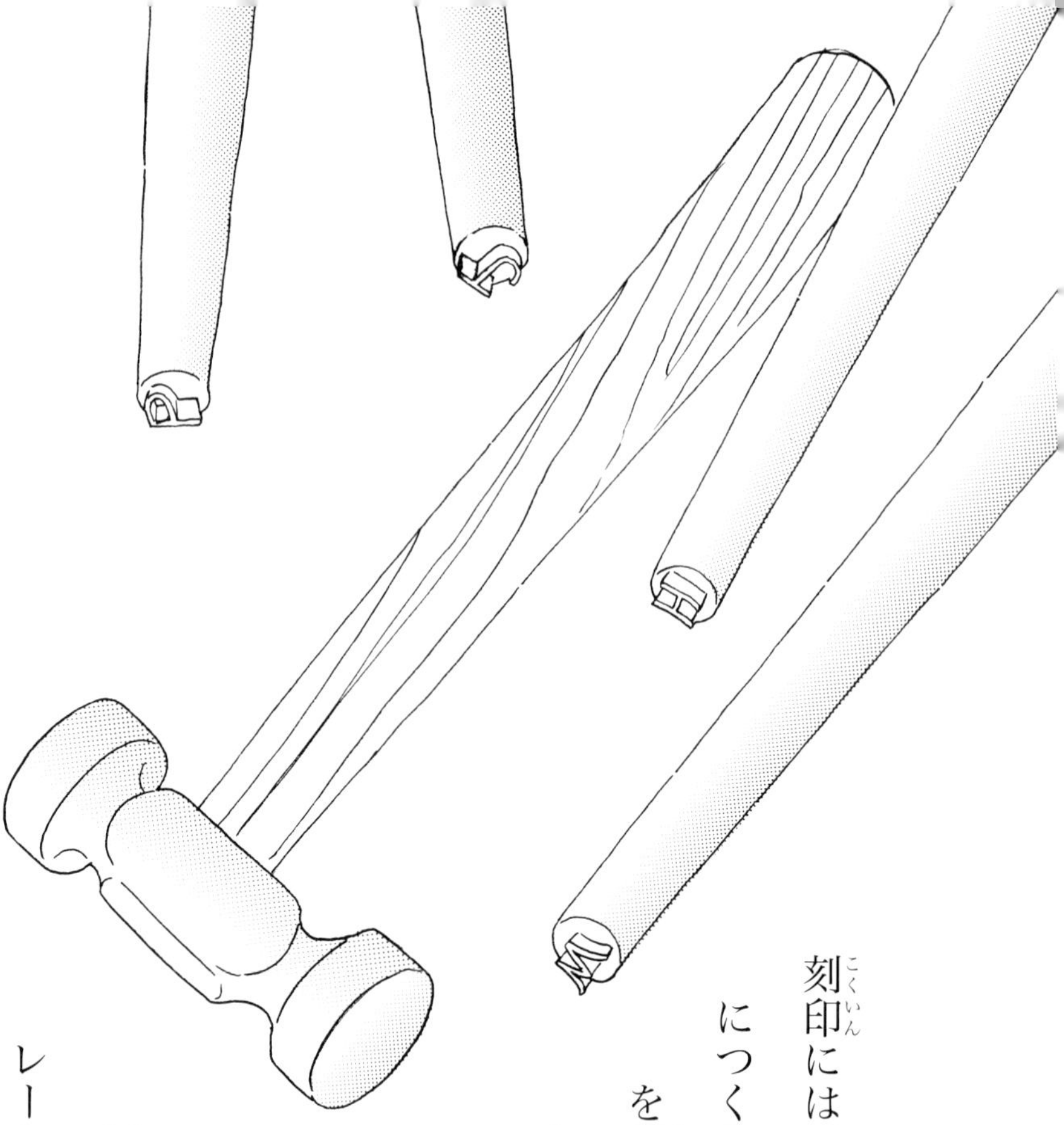

刻印《こくいん》には、アルファベットのかたちにつくられたポンチという金属棒《きんぞくぼう》を使《つか》います。ポンチをプレートにあてて、反対側《はんたいがわ》をハンマーでたたき、アルファベットのかたちにへこませるのです。

そうしてＭＨＭＪ《エムエイチエムジェイ》の刻印《こくいん》が終《お》わると、アンバーはプレートを裏返《うらがえ》しにさせました。

「裏《うら》にはＰ《ピー》と刻印《こくいん》するんだ、パー

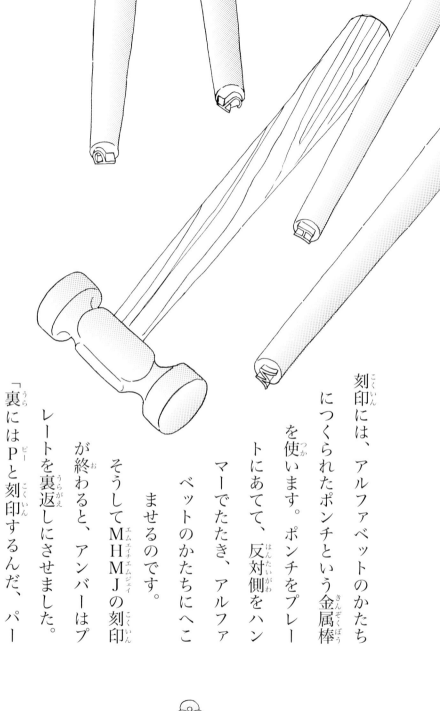

ル。おじょうちゃんがつくった印《しるし》にね。このタグの裏《うら》にS《エス》以外《いがい》のアルファベットが刻印《こくいん》されるのは、はじめてさ」

パールはP《ピー》と刻印《こくいん》しながら、今《いま》まで感《かん》じたことのないほこらしい気持《きも》ちがわきあがってくるのを感《かん》じました。

「できあがったわ！」

一分《いっぷん》でも早《はや》くルリにこのブレスレットをわたしたい、パールは心《こころ》からそうおもいました。ところが、そうおもっていたのはパールだけだったのです。よろこぶパールの横《よこ》で、セレニティスとアンバーは、ずるそうな顔《かお》を見《み》あわせていました。

11

セレニティスの呪《のろ》い

「それじゃあ、さっそくこのブレスレットの魔法《まほう》の力《ちから》をためしてみようじゃないか」

セレニティスがそういったので、パールは目《め》を丸《まる》くしました。

「そんなこと勝手《かって》にしちゃいけないわ。だってこれはルリのブレスレットですもの」

しかし、二人《ふたり》はパールの意見《いけん》など聞《き》いていません。もともとセレニティスがこの仕事《しごと》を引《ひ》きうけたのも、こうするためだったのです。

「どんな願《ねが》いもかなえるブレスレットなら、あたしにかけられた呪《のろ》いの魔《ま》法《ほう》もとけるかもしれないからね」

「いかにも！　ためしてみる価《か》値《ち》はございます。セレニティスさま」

そういって、アンバーは、かわいい手《て》首《くび》にブレスレットをまきつけます。そしてマンテルがはめられて、ブレスレットが完《かん》全《ぜん》な輪《わ》になると、アンバーが、こうさけびました。

「セレニティスさまにかけられた呪《のろ》いの魔《ま》法《ほう》をといておくれ！」

絵《え》の中《なか》のセレニティスも、いのるように手《て》を胸《むね》の前《まえ》であわせています。

ところが……。

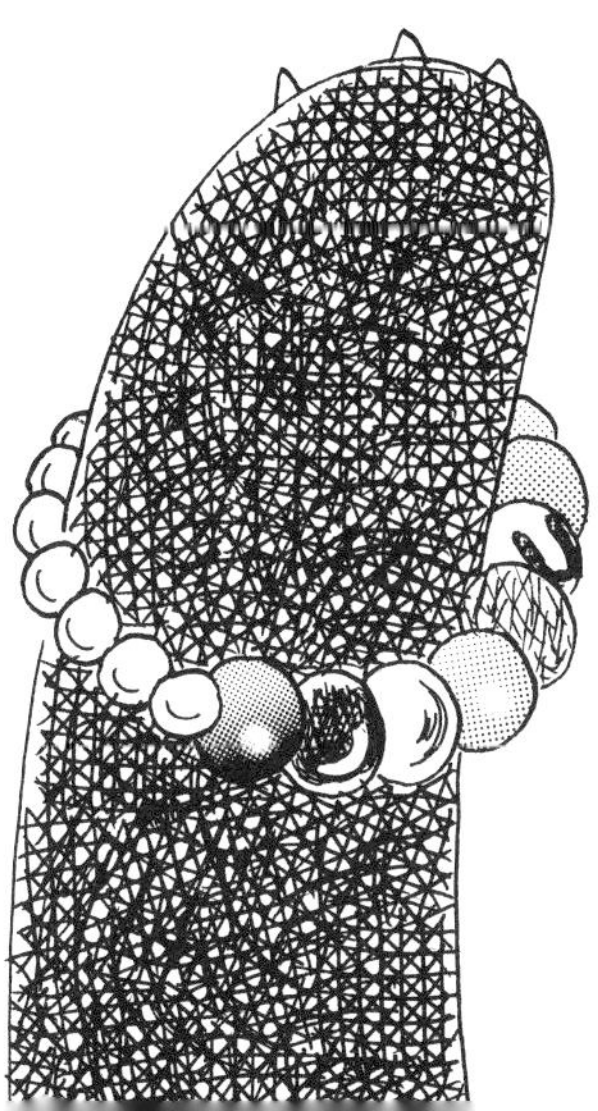

なにごともおこらなかったのです。

そもそも呪《のろ》いの魔法《まほう》というのは、それをとく方法《ほうほう》とセットになっているもの。しかも、呪《のろ》いをとく方法《ほうほう》は、本人《ほんにん》もみんなもよく知《し》っているケースがほとんどです。よく知《し》られた呪《のろ》いの魔法解除《まほうかいじょ》の方法《ほうほう》は、王子様《おうじさま》のキスとか、本当《ほんとう》に愛《あい》されること、とかでしょうか。そんなふうに、呪《のろ》いの魔法《まほう》は、どんな万能《ばんのう》の魔法《まほう》をもってしても、あらかじめセットになっている方法以外《ほうほういがい》ではとくことができないものなのです。

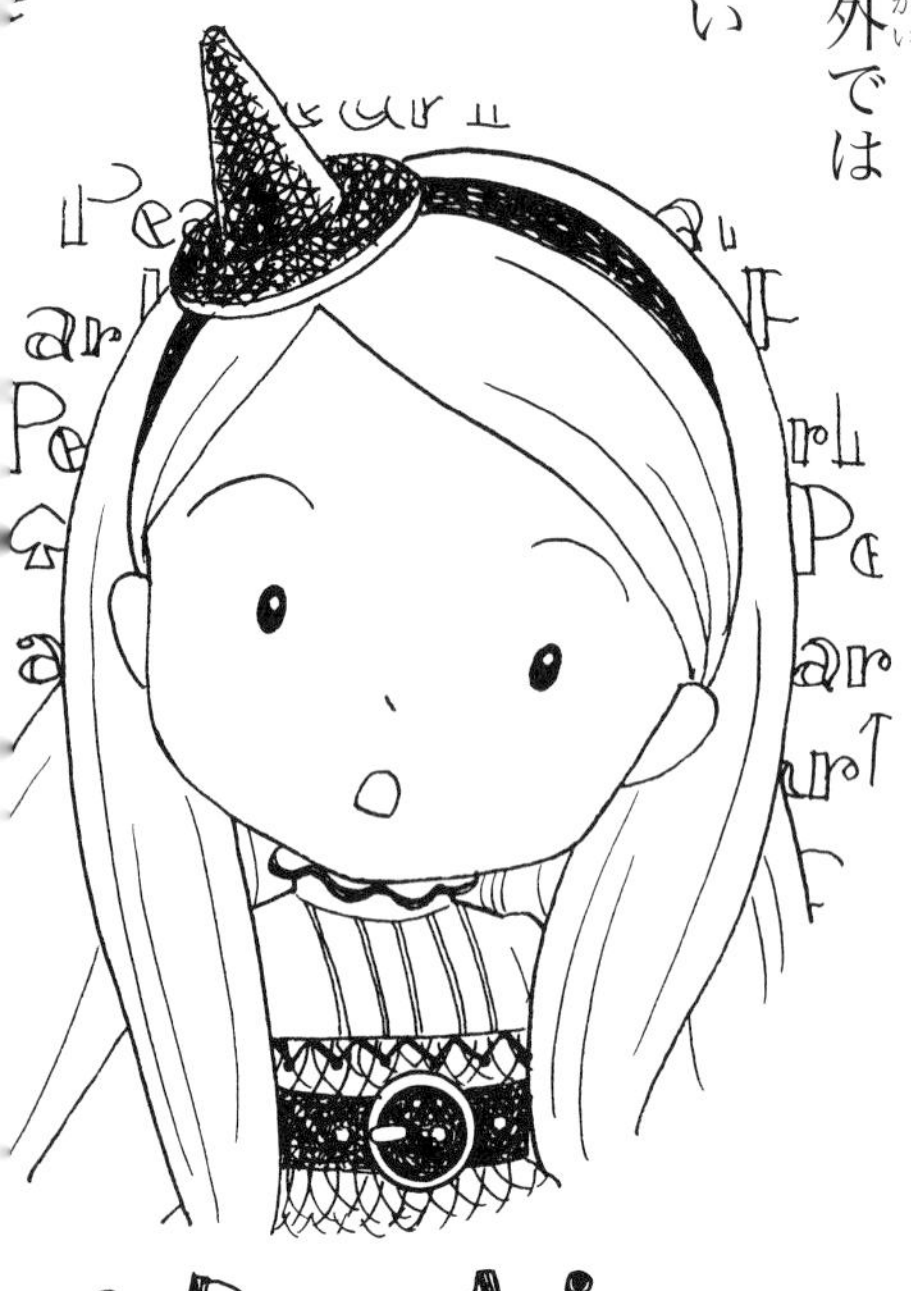

ですから、なにもおこらなかったのも当《あ》たり前《まえ》でしたし、セレニティスもアンバーも、ため息《いき》をついただけでした。

「セレニティスにかけられた呪《のろ》いをとく方法《ほうほう》はわかっているの？」

パールがそうたずねると、アンバーはうなずきました。

「『人《ひと》の役《やく》に立《た》つこと』さ。それがこの呪《のろ》いの魔法解除《まほうかいじょ》のたった一《ひと》つの方法《ほうほう》なんだよ、パール。役《やく》に立《た》てば、絵《え》の中《なか》の「お役立《やくだ》ちメーター」の目《め》もりがあがる、しくみさ。むずかしいだろう？　そして、おれさまをもとの姿《すがた》にもどせるのは、魔法解除《まほうかいじょ》で絵《え》から出《で》てこられたセレニティスさまだけときたもんだ……」

すっかりとほうにくれるアンバーを見《み》て、パールは目《め》をパチパチしました。

「人《ひと》の役《やく》に立《た》つ？　そんなかんたんなことが、五百年間《ねんかん》できなかったの？」

「かんたんだって？　いったいなにをすればいいのか、見当《けんとう》もつかないね！」

セレニティスは、そういってプイッと横《よこ》を向《む》きます。いつもじぶんのことばかり考《かんが》えていたセレニティスとアンバーには、人《ひと》の役《やく》に立《た》つということの意味《いみ》がわからなかったのです。

セレニティスは、いまいましそうに絵《え》の中《なか》の「お役立《やくだ》ちメーター」をにらみつけました。この目盛《めも》りが「10」までとどけば、呪《のろ》いはとけるのです。でも、その目盛《めも》りは　五百年間《ねんかん》、ずっと「0」をさしたままでした。

いるべき場所《ばしょ》とやるべきこと

「こんにちは」

翌日《よくじつ》、ルリがブレスレットを受《う》けとりにやってきました。ドアを開《あ》けるなり、すっかりきれいになった店《みせ》の中《なか》を、目《め》を丸《まる》くして見《み》まわします。

それでも、アンバーがブレスレットをのせたトレイをもってあらわれると、ほかにはなにも目《め》にはいらなくなりました。

「まあ！　なんのヒントもなかったのに、もとどおりにできたなんてすごいわ。それにこの金具《かなぐ》、なんて美《うつく》しいの！」

大《おお》よろこびするルリに、パールが宝石《ほうせき》のならび順《じゅん》の意味《いみ》を話《はな》します。

するとルリはますます感動《かんどう》して、目《め》をうるませました。

「さあ。はめてみて、ルリ」

パールはルリの手首《てくび》にブレスレットをまわして、マンテルでとめました。すると、じぶんの手首《てくび》をうっとりと見《み》つめたあと、ルリはしずかに目《め》をとじたのです。

「ああ、わたしの夢《ゆめ》はかならずかなうって信《しん》じられそう。パール、本当《ほんとう》にありがとう」

「どういたしまして、ルリ。それに、お礼《れい》ならセレニティスとアンバーにいってちょうだい。わたしは二人《ふたり》のいうとおりにしただけだから」

そう聞《き》いて、ルリはすぐにセレニティスの絵《え》の前《まえ》に立《た》ちました。そして、ゆうがにおじぎをしたのです。

「セレニティス、アンバー、わたしの夢《ゆめ》を応援《おうえん》してくださってありがとう」

すると、セレニティスとアンバーは目《め》を丸《まる》くして顔《かお》を見《み》あわせました。

「夢《ゆめ》を応援《おうえん》なんてしたおぼえなん

は

てないね。なんの得《とく》にもならないじゃないか。あたしはただ、ブレスレットを直《なお》しただけさ」

セレニティスがそういっても、ルリの笑顔《えがお》は消《き》えませんでした。

「いいえ、セレニティス。やっぱりあなたは応《おう》援《えん》してくれたわ。だって、夢《ゆめ》がかなうブレスレットを、わたしのために直《なお》してくださったんですもの」

そして、両手《りょうて》を胸《むね》の前《まえ》でかさねると、こうつづけました。

「だからセレニティス、アンバー。心《こころ》からお礼《れい》をいいます。わたしの夢《ゆめ》がかなったら、きっとたくさんの魔女《まじょ》がよろこんでくれるはずよ。そのみんなにもかわって、たくさんのお礼《れい》を今《いま》いわせてちょうだい」

すると、セレニティスのほおがほんのりとピンク色《いろ》になり、ぷいっと顔《かお》をそむけました。

「ふんっ、お礼《れい》だって？　そんなものいくつもらったって、なんの得《とく》にも……」

と、セレニティスがいいかけたときでした。絵《え》の中《なか》の「お役立《やくだ》ちメーター」の目盛《めも》りがふうっとあがったのです。五百年間《ねんかん》ピクリとも動《うご》かなかった目盛《めも》りが、今《いま》は「1」をさしています。

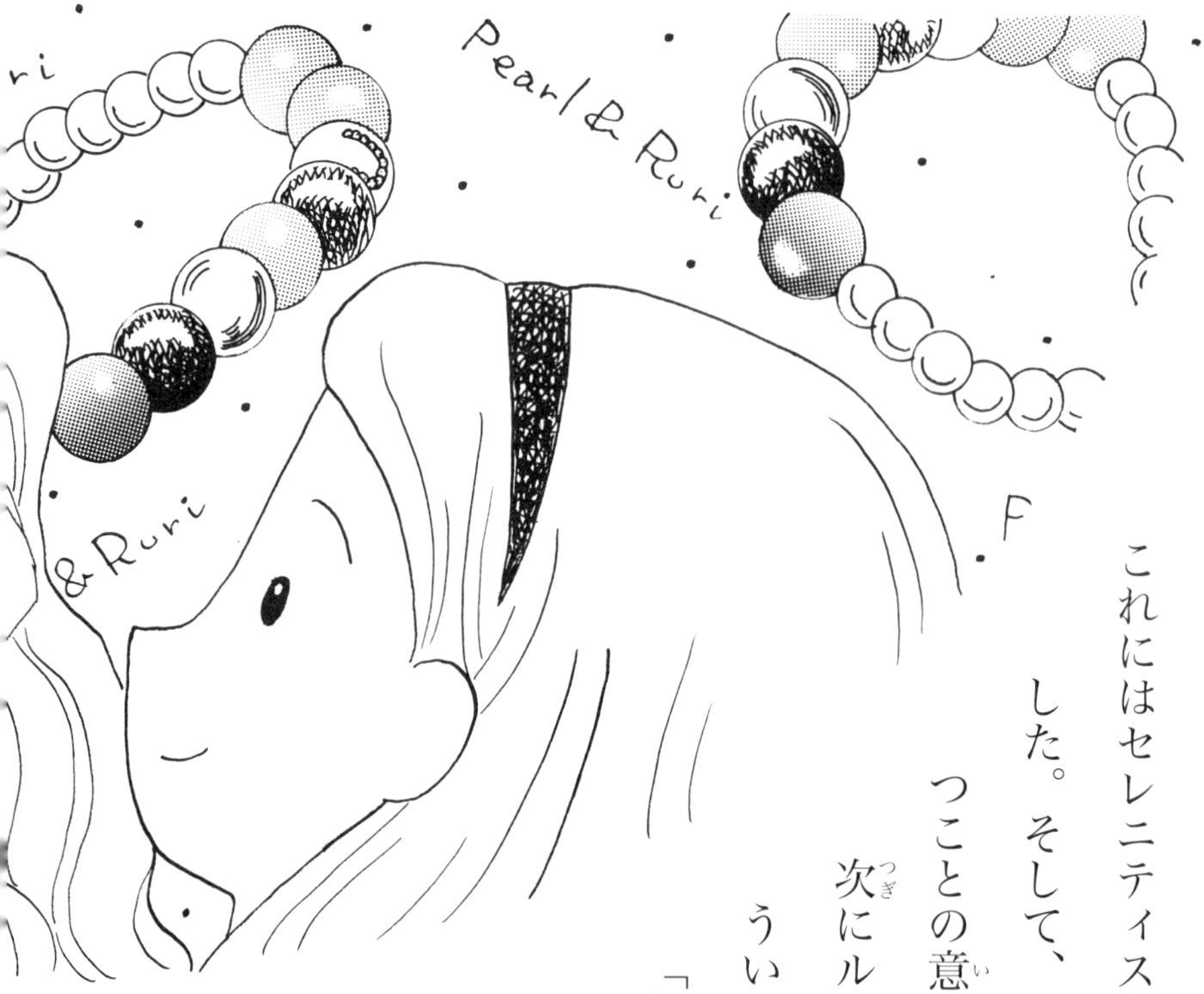

これにはセレニティスもアンバーも大《おお》よろこびしました。そして、二人《ふたり》ははじめて、人《ひと》の役《やく》に立《た》つことの意味《いみ》を知《し》ったのです。

次《つぎ》にルリはパールに向《む》きなおるとこういいました。

「わたしの夢《ゆめ》がかなったら、このブレスレットはあなたにあげるわ、パール。パールのやりたいこと、じぶんの夢《ゆめ》が見《み》つかるように。そして、その夢《ゆめ》がかなうよ

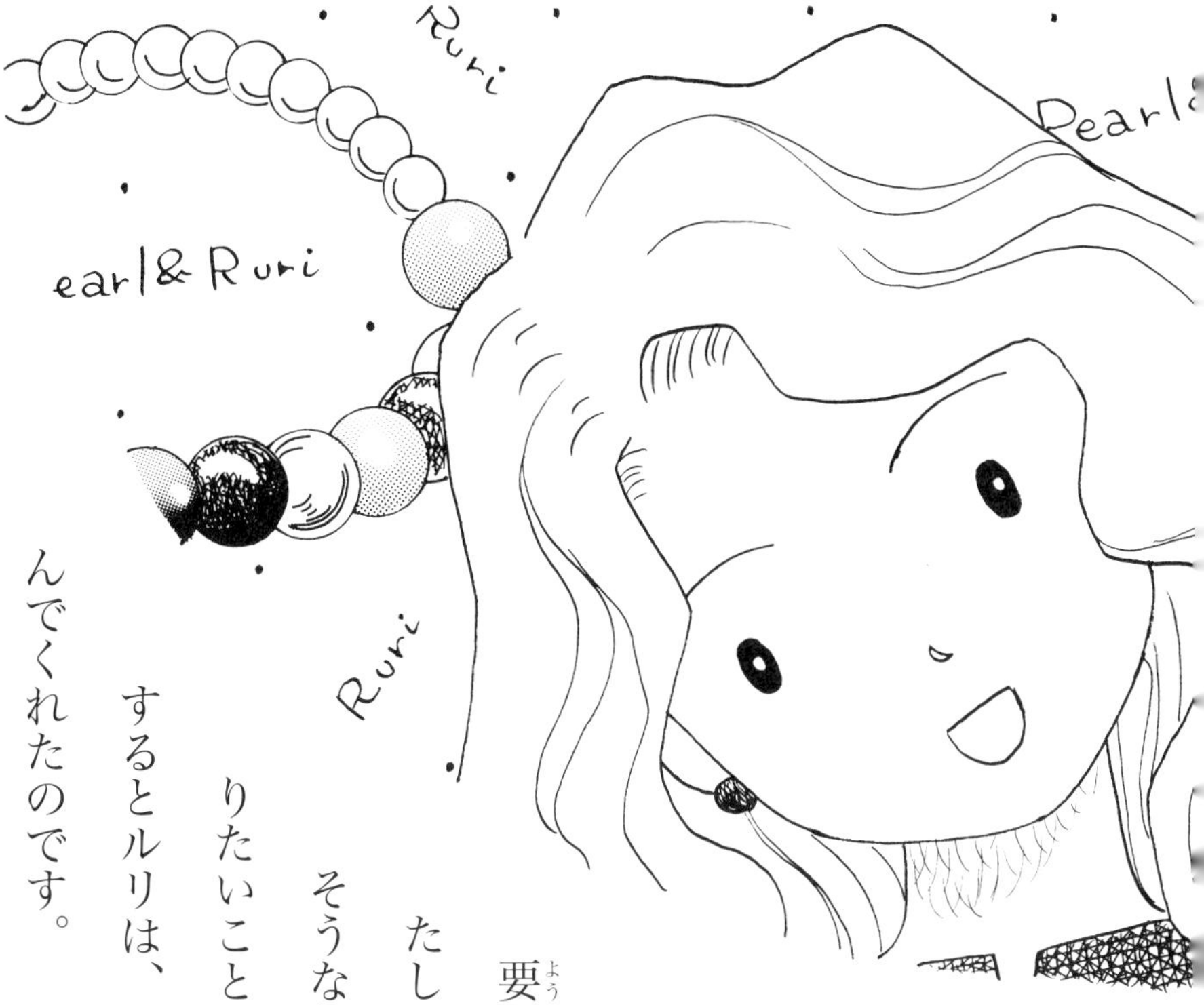

うに使《つか》って！」
ところが、パールは首《くび》を横《よこ》にふりました。
「ありがとうルリ。でも、このブレスレットは、もっと必《ひつ》要《よう》な人《ひと》にあげてちょうだい。わたしはこれがなくてもうまくいきそうな気《き》がしているの。それに、やりたいことや夢《ゆめ》は、もう見《み》つかったわ」
するとルリは、じぶんのことのようによろこんでくれたのです。

こうしてルリは帰《かえ》っていきました。その後《うし》ろ姿《すがた》を見送《みおく》ったパールが店《みせ》の中《なか》にもどると、アンバーがじっと見《み》あげました。

「おどろいたねえ、ブレスレットをもらわないなんて」

「もったいなかったかしら？」

するとアンバーは肩《かた》をすくめました。

「そうでもないさ。あのブレスレットにかかってた魔法《まほう》は、願《ねが》いごとをかなえるほどの力《ちから》のある魔法《まほう》じゃなかったからね」

アンバーは、ブレスレットをはめたと

きに、そのことに気《き》づいたのです。

「じゃあ、あのブレスレットはただのおまもりってこと？」

すると、店《みせ》のおくからセレニティスの声《こえ》が聞《き》こえてきました。

「そうだねえ、たいした魔法《まほう》じゃないのに、代々《だいだい》のもち主《ぬし》の願《ねが》いがかなってきたのは、夢《ゆめ》をかなえたいっていう強《つよ》い気持《きも》ちをもちつづけたからだったのさ。

けっきょく、あきらめないことの

ほうが、魔法《まほう》よりずっと効《き》きめがあるからねえ」

「なるほど、セレニティスさま。それならルリの夢《ゆめ》も、かならずやかなうでしょう。あきらめそうになったときには、あのブレスレットのメッセージがはげましになるにちがいありません。と、なれば、たしかにわれわれはルリを応援《おうえん》したことになりますな」

そういってから、アンバーはパールを見《み》あげて、こうつづけました。

「ところで。おじょうちゃんが見《み》つけた『やりたいこと』ってのは、なんだい？　パール」

するとパールはにっこりとアンバーを見《み》おろしました。

「ジュエリーってわたしがおもっていたよりずっとおもしろそうだわ。ジュエリーをつくって、だれかの役《やく》に立《た》てたらすてきだもの。アンバーもそうおもうでしょ？

だから一人前《いちにんまえ》のジュエラー魔女《まじょ》になるまで、セレニティスの弟子《でし》として、修業《しゅぎょう》してみようとおもうの。それがわたしの「やりたいこと」よ。ブレスレットを受《う》けとらなかったのは、せっかくやりたいことが見《み》つかったのに、いっきにできるようになったらつまらないから。一《ひと》つひとつ、楽《たの》しんで勉強《べんきょう》していきたいの」

そういうパールの瞳《ひとみ》は、ルリに負《ま》けないくらいかがやいていました。そして、心《こころ》の中《なか》で、こうおもったのです。

（ブレスレットのオニキスさん、あなたのメッセージをわすれないわ。あなたはO《オー》のじぶんがG《ジー》のガーネットともうひとつのO《オー》のオパールのあいだにいてこそ、じぶんの役割《やくわり》がはたせることを知《し》っていたのよね。

わたしもじぶんがいるべき場所《ばしょ》に正《ただ》しくいれば、みんなの役《やく》に立《た》てるかしら。その場所《ばしょ》がここ、ムーンヒルズ魔法宝石店《まほうほうせきてん》でありますように……）

こうして、パールはこんどこそ、本当《ほんとう》に心《こころ》から、セレニティスの弟子《でし》になったのでした。

Craft
のレシピ＊

ざいりょう
- リボン
- ゴムテグス（0.5ミリ）
- ビーズ
- はさみ
- クリップ
- デザイントレイ（あれば）

じゅんび1 てくびにリボンをまいて、いっしゅうしたところにしるしをつけて、きります。

じゅんび2

じゅんび1 のリボンとおなじながさにビーズをならべます。

あなの大きいビーズをよういしよう！

「ブレスレットデザイントレイ」は、デザインのときにべんりだよ！

★はさみは大人《おとな》といっしょに使《つか》いましょう。

Girl's
＊ブレスレット

1

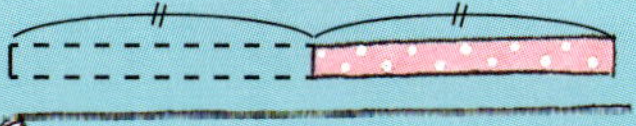

じゅんび1 のリボンの2ばいのながさになるようにゴムテグスをきります。（はかるときはゴムをひっぱらないで）

2

1のゴムテグスのかたほうのはしにクリップをつけてから じゅんび2 のビーズをじゅんばんにとおします。

3

クリップをはずしてゴムテグスのりょうはしをもち、3回しばります。

4

のこったゴムテグスは、むすびめから5ミリくらいのところできってできあがり！

なんぼんもかさねてつけてもオシャレ！

POINT

しばるときは、ぎゅっと力いっぱいしばろう！

★あぶないので、ゴムテグスをくびにまきつけたりしないでね。

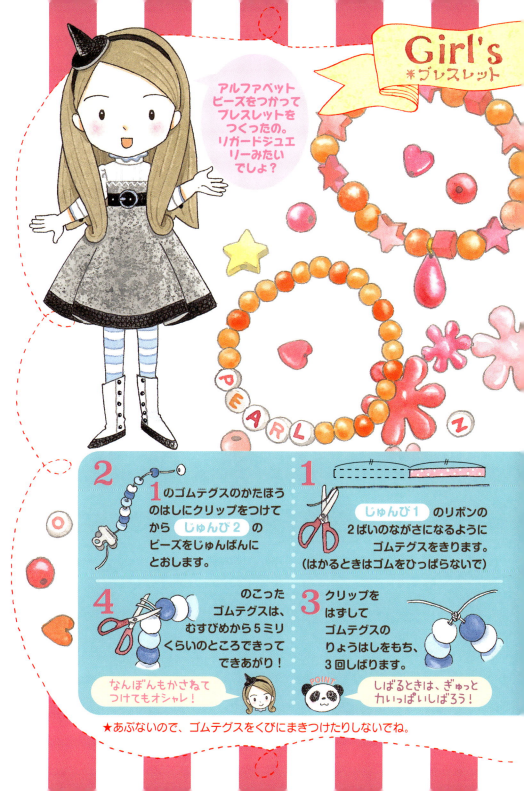

あんびるやすこ

群馬県生まれ。東海大学文学部日本文学科卒業。 テレビアニメーションの美術設定を担当。その後、玩具の企画デザインの仕事をへて、絵本・児童書の創作活動に入る。主な作品に、「ルルとララ」シリーズ、「なんでも魔女商会」シリーズ、「アンティークFUGA」シリーズ（以上、岩崎書店）、「魔法の庭ものがたり」シリーズ（ポプラ社）、『せかいいちおいしいレストラン』、「こじまのもり」シリーズ（ともにひさかたチャイルド）、『妖精の家具、おつくりします。』（PHP研究所）などがある。

公式ホームページ「ちいさなしっぽ協会」http://www.ambiru-yasuko.com/

ジュエリーレシピ協力　金丸昭子
取材協力　専門学校ヒコ・みづのジュエリーカレッジ
シリーズマーク／いがらし みきお

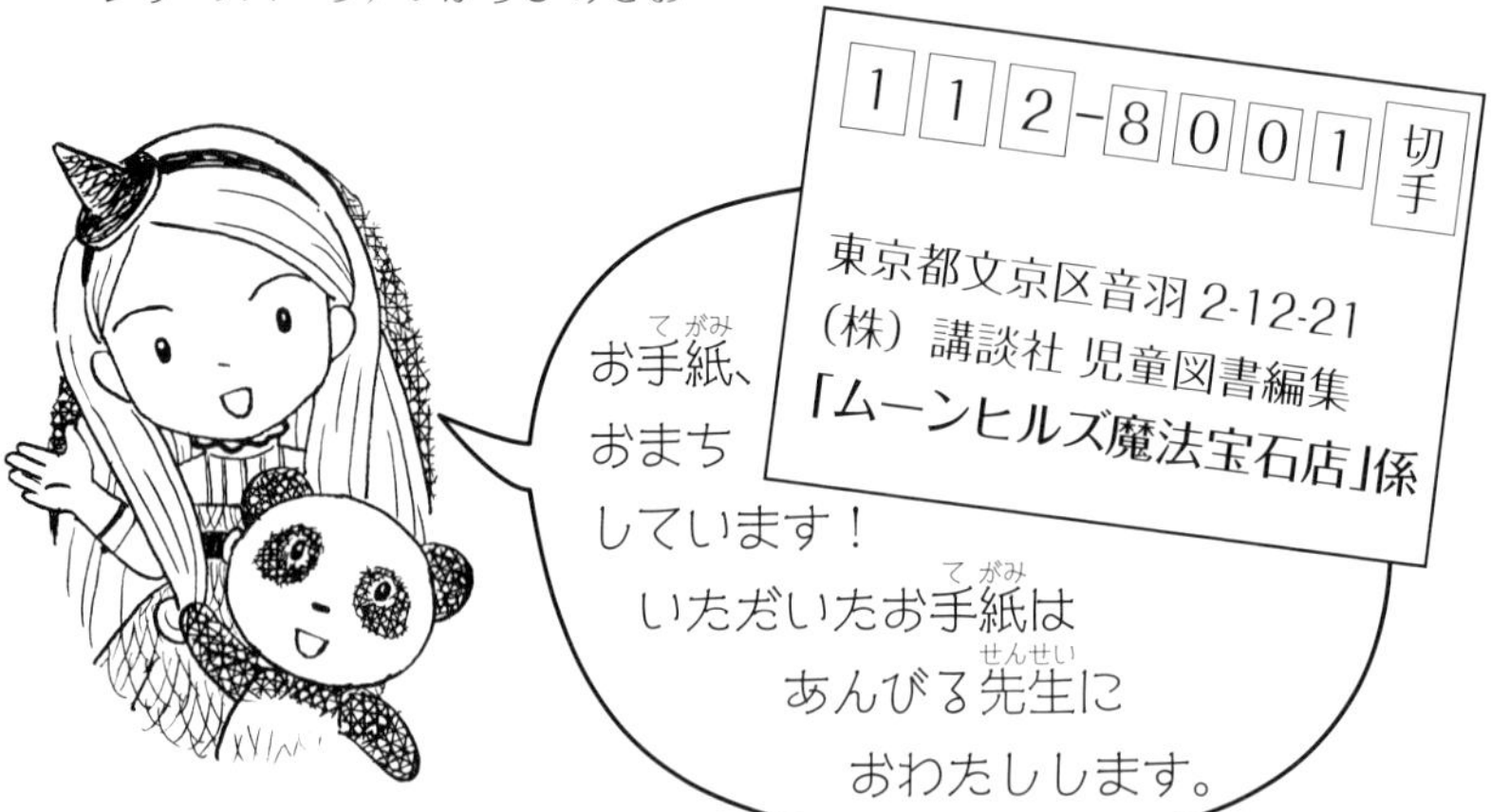

わくわくライブラリー
ムーンヒルズ魔法宝石店《まほうほうせきてん》1 魔女《まじょ》パールと幸運《こううん》の８つの宝石《ほうせき》

2018年10月11日　第1刷発行
2018年12月 6日　第2刷発行

作・絵　あんびるやすこ

デザイン　祝田ゆう子
データ制作　脇田明日香

発行者　渡瀬昌彦
発行所　株式会社講談社
〒112-8001 東京都文京区音羽2-12-21
電　話　編集 03-5395-3535
販売 03-5395-3625
業務 03-5395-3615
印刷所　凸版印刷株式会社
製本所　島田製本株式会社

N.D.C.913 127p 22cm ©Yasuko Ambiru 2018 Printed in Japan ISBN978-4-06-512850-3